突然の異世界転移……!?
まずは王城に潜伏して情報収集……。
逃亡賢者（候補）のぶらり旅
～召喚されましたが、逃げ出して安寧の地探しを楽しみます～

「んん！　美味い！」
イーズ
異世界に召喚された
中学二年生。
丁寧語で話すため
冷静そうに見えるが、
実は明るくて
ノリが良い。

「そもそも、水魔法は便利であるがゆえに、長きにわたりないがしろにされてきた」
「だが！時代は変わった！」
ハル
サラリーマンだったが、異世界転移の際に何故か若返る。理論だてて考える性格だが、身体に引っ張られてはっちゃけ気味。
「お前らなぁ……」
フィーダ
乗合馬車組合の護衛。落ち着いた性格の持ち主。乗客のハル・イーズと打ち解けて、道中行動を共にすることになる。

「イーズ！　弱点は……持久力！　時間を稼いでスタミナを削れ！」
「はい！　了解です！」
異世界での初めての戦闘、
相手はA級の強敵――!?

逃亡賢者（候補）のぶらり旅

～召喚されましたが、逃げ出して安寧の地探しを楽しみます～

Presented by
BPUG

illustration
村カルキ

口絵・本文イラスト
村カルキ

装丁
AFTERGLOW

CONTENTS

【第一章　王城脱出編】

市川和泉《いちかわいずみ》の最悪な七月はあと一週間で終わる。

駅のホームに続く階段の上に立ち、ぬるい風を浴びながら和泉は松葉杖《まつばづえ》を握りしめた。

七月の始まりは最高だった。所属する中学バスケットボール部の夏の地区大会メンバーに選ばれた。選ばれなかった三年生の先輩もいる中、二年生、しかも部の中で一番身長が低い和泉が入れるとは思っていなかった。だからただただ、嬉《うれ》しかった。

しかしその喜びは一瞬で終わる。夏休みが始まってすぐに開催された強化合宿。その一日目に行われた対抗戦。

コートに倒れ込んだ和泉の上に別チームの先輩がのし掛かってきた。ゴリッという嫌な音と激痛に、声にならない呻《うめ》きが口から漏れる。

左膝《ひだりひざ》を抱えて痛みに朦朧《もうろう》とする意識の中、誰かの嘲笑《ちょうしょう》が聞こえた気がした。


左膝半月板損傷。

学校の部活中の怪我《けが》のため、養護教諭に付き添われて行った病院でそう診断された。左足全体をサポーターで硬く覆われ、松葉杖を渡される。

「今後の治療について説明したいので、数日中に親御さんといらしてください」

「あの、来週の試合には出られますか？」

「試合は無理だね。リハビリには三ヶ月かかると思って。残念だけど、ゆっくり治していこう」

二日後、母親の仕事の合間に病院へ一緒に行き、再度同じ説明を受けた。

身長が低くても技術を磨いて試合に出るという、バスケを始めた時からの和泉の夢はたった一ヶ月も保たずに終わった。

「これで部活に時間取られずに勉強できるでしょ」

病院にいる間も絶えずスマホで仕事をしていた母親は、和泉を中学まで送り、慰めにもならない言葉をかけて慌ただしく仕事へ戻っていった。別れ際に和泉の格好を見て「外に出るならもう少しまともな格好をしなさい」と小言を言うのも忘れない。病院だし、膝を怪我しているのだからとTシャツにハーフパンツを着ていたが母親にはだらしなく映ったらしい。

和泉は走り去る車から視線を逸《そ》らし、空を仰いで大きく肺の空気を押し出した。それから些細《ささい》な段差にも苦労して汗まみれになって職員室にたどり着く。あらかじめ連絡しておいたおかげで、すぐに教師がバスケ部部室の鍵《かぎ》を持って同行してくれた。

合宿が終わった部室はがらんとしている。まっすぐに自分のロッカーを目指し、置きっぱなしになっていた合宿用のバックパックを取り出して背負う。他の部員のロッカーが目に入るのが嫌で、息を止めて部室から逃げるように飛び出した。

車で送ってくれるという教師の言葉に甘え、最寄り駅のロータリーで降ろしてもらって深く頭を下げる。

「ありがとうございました」

「家まで送らなくって本当に大丈夫か？」

「薬を受け取らないといけないので、ここで大丈夫です」

「なら仕方ないな。段差には気をつけるんだぞ」

「はい、ありがとうございます」

こんなことで腐らないで、ちゃんと宿題をやれよという教師の言葉に苦笑いを返して手を振った。

駅横の薬局で受け取った一週間分の薬は、医師の説明の通り炎症を抑える薬や痛み止めのようだ。

こんな足では買い物に出るのも面倒だろうと、ついでに数日分の惣菜《そうざい》やインスタント食品、さらにはやけになって普段食べないスナック菓子や和菓子まで買い込む。

「ちょっと買いすぎた、かな？　でも、ヤンニョムチキンも塩ニンニクチキンもホットチリチキンもどれも捨て難い。辛いものには甘いものもいるし」

呟《つぶや》いて肩を揺すり、背中のバックパックの位置を調整する。ただでさえ合宿の荷物で重かったのに、荷物が増えてストラップが肩に食い込んで痛い。さらに言えば松葉杖をつく右脇も擦れて痛い。

それでも買ってしまったものは仕方がないと、慣れない松葉杖で使い慣れた駅の階段を目指した。

改札を通ってホームへと降りる階段の一番上に立つと、ふと普段は感じない恐怖を覚える。

背負った荷物の重さ、今もジクジクと苛《さいな》むような膝の痛み、バランスの悪い松葉杖。ふわりと浮いてどこまでも吸い込まれていきそうだ。

――面倒だけど、エレベーターを使おう。

止まらないため息を繰り返し、記憶を頼りに階段の裏へ回ると数十メートル先にエレベーターを見つける。だが同時に、その前で男女四人の高校生が床に置いたカバンの上に座り込んでいるのに気づいて和泉は足を止めた。

松葉杖を当てずに彼らを避《よ》けて、エレベーターのボタンを押せる気がしない。しかも彼らは大声で盛り上がっていて、近づいてくる和泉に気づく様子は全くない。

――声をかけるか、階段に戻るべきか。

地下鉄駅構内に反響する女子高生の甲高い笑いに顔を顰《しか》め、諦《あきら》めて元の階段に向かおうと決めた時、

「君たち、申し訳ないけどそこを退《ど》いてもらえないかな」

後ろから、大きくはないがよく通る男性の声がした。

左足に体重をかけないようにしてそっと振り返ると、小ぶりのスーツケースを引いたスーツ姿の男性が立っていた。歩くのに必死で、近づくスーツケースの音すら耳に入っていなかったらしい。

「あん？」

「そこのエレベーターを使いたいんだ。乗らないなら場所を開けてもらえると助かる」

短く聞き返した男子高生に、男性は再度丁寧に頼む。すると女子高生の一人が和泉に気づき、先ほど声を上げた男子高生の腕を引っ張った。

「ねえ、こっちの子も使いたいみたい」

「お？　まじか？」

「気づかんかった」

「ごめんねー。お姉ちゃんたち邪魔だったねー」

幸い最初に抱いた印象より良い人たちだった。口々に和泉に向かって謝ってくるので、緊張を緩めて和泉は軽く頭を下げる。

「いえ、ありがとうございます」

高校生たちにお礼を言った後、後ろの男性にも会釈をしてエレベーターボタンを押すと、すぐに短いチンという音がして扉が開いた。

高校生たちもホームへ移動するようで、スーツケースを持った男性に続いてゾロゾロと乗り込んで来た。

「大きい荷物、大変そう。お姉ちゃんが手伝ってあげようかな？」

「手を出すなよ、変態」

小声で交わされる高校生たちの恥ずかしい会話に、和泉は目を合わせないように下を向く。

早く動けという和泉の願いを叶《かな》えるように、ふわんとわずかな揺れと共にエレベーターがゆっくりと降下を始めた。

その瞬間、強い光が狭い庫内を埋め尽くした。

「きゃあ！」

「まぶしっ！」

目を閉じても瞼《まぶた》の奥に突き刺さる光に、眩暈《めまい》がして涙が滲《にじ》む。

その上、たった一階降りるだけのエレベーターのはずがいつまで経《た》っても止まらない。

それどころかどんどん降下、いや、落下するスピードが速くなっていく。

弱まるどころか強くなる光の中、落下の浮遊感に踏ん張りが利かず、ふらついた和泉は誰かにぶつかった。

「大丈夫か⁉」

左肩を支える手と共に聞こえた声は、おそらくスーツ姿の男性のもの。

なんとか返事をしようとしたと同時、

――ドサリ
突然大きな揺れが起こり、和泉は飛ばされるような勢いで床に放り出された。

「は？」

倒れた衝撃で開けた目に映る状況に、知らず声が漏れる。

「え？」

すぐ横からも同じような声が聞こえてくるが、和泉は正面に向けた顔を動かすことができなかった。

無様に床に倒れ込んだ自分とは違い、互いを支え合うようにしっかりと立った高校生四人の体のその向こう。

和泉の視界に映ったものは――

どこまでも高い天井。
白く輝く太く長い柱。
光を纏《まと》ったかのように輝く宝石を身につけた男女。
遠い扉のそばには、鈍い銀色の鎧《よろい》を着た兵士が並んでいた。
そこはどう見ても、自分が乗ったあの狭いエレベーターではなかった。

「え⁉　どこ、ここ⁉」
甲高い女子高生の声に、和泉は思わず体をびくりと震わせる。

おかしい。
ここはどこ。
なんでこんなところに。
夢？　でも、他の人も見えてる。
自分だけじゃない。でも、なんで。

次々と浮かぶ言葉に吐き気が込み上がり、視界が狭くなる。暴れ出しそうなくらい速まった動悸《どうき》がおさまらない。

頭の奥がガンガンと痛み、はっはっと口で短く呼吸を繰り返す和泉の耳に、穏やかな女性の声が届いた。

「異世界からいらした皆様。どうか私の話を聞いていただけませんか？」

遠く、見慣れた体育館よりも広い部屋の奥、玉座と思われる椅子に座った女性が話を始めた。

「驚かれるのも無理はありません。ですが、突然の召喚に応えてくださりありがとうございます」

「は？　召喚？」

「応えるって？　どういうこと？」

「まじかよ。異世界かよ」

「ちょっと、話すの待って。頭の整理つかないんだけど」

女性の言葉に、高校生たちが次々と疑問を投げかける。

実際、和泉も女性が言った「召喚に応える」というフレーズに顔を顰めた。

「異世界から来られる方々は、女神様より特別な力を与えられ、こちらの世界へと降り立つのです。皆様も、女神様からこの世界で必要とされる力を与えられているのではありませんか？」

「女神ぃ？　何それ突然。めちゃ胡散臭《うさんくさ》い」

「え？　特別な力ってチートってこと？」

「やべっ、俺勇者？」

「あんたはちょっと黙って。あんたが勇者なんてあるわけないじゃない」

「確かに力を授かっているはずです。どうか自分の中の力と向き合い、〝ステータスオープン〟と言ってみてください」

「まじ？　まじで〝ステータスオープン〟とかあるの？」

「本当にうるさ。そんな恥ずかしいこと言えるわけないじゃん」

「俺はいくぜ！　〝ステータスオープン〟！」

男子高生の一人が右手を勢い良く振り上げ大声を上げた瞬間、彼の目の前に光のカケラが集まりまるでＣＧのウィンドウのようなものが作られた。

「まままままじかぁぁ！」

「すげっ！　ホントにステータス見れちゃうのかよ」

「本当に異世界ってこと？」

「あたしもやる！」

高校生たち四人は〝ステータスオープン〟で次々とウィンドウを開き、熱狂した叫びを上げている。

すぐ目の前で展開されるまさに異世界の魔法に、和泉も少しずつ興奮を感じ始める。

込み上げる熱に突き動かされるように、自分のステータスを見ようと和泉も声を上げようとしたその時。

「ステ――」

「待って」

地面についたままの自分の左手を誰かが掴《つか》み、潜めた声で制止する。

「え？」

「お願いだ。まだ、待ってほしい」

「何……」

「静かに。お願いだから」

高校生たちの盛り上がりにかき消されそうなほど小さく、硬い声で繰り返される願いに緊張が走る。和泉は視線を前に向けたまま、横にいるはずの男性に小声で返す。

「なんでですか？」

「声に、出さずに、心の中だけで〝ステータス〟と言うんだ」

「え？」

「お願いだから、やってみて」

必死な声に促され、心の中で「ステータスが見たい」と願いながら〝ステータス〟と唱える。すると目の奥、いや、頭の奥で自分のステータスが開示されたのを感じた。

幾つも項目が並んでいる。どうやら自分のステータスで間違いないようだ。だが、これは――

「見えた？」

「はい。見えました」

「ごめん。何も聞かないで使ってほしいスキルがある。君の〝隠密《おんみつ》〟で僕と君の存在が見えないようにしてほしい」

「え？　……分かりました」

緊張を含んだ男性の言葉に、和泉は彼の願い通り、先ほど見えたステータスの中にあった自分のスキル〝隠密〟を意識する。

ゆっくり、ゆっくり、左手で繋《つな》がった自分たちの存在感が周りの景色に溶け込むように薄く消えていくのを感じる。

一歩先では高校生たちがそれぞれのステータスで盛り上がり、それをなだめる女性の声が続いている。

だが今、確かに自分たちは彼らとまるで違う空間にいるような、認識されていない状態になったことが分かった。

「ふぅ、ありがとう」

「いえ、こちらこそ」

男性は和泉のスキルで認識されない状態になったのを感じたのか、左手は和泉に添えたままで肩の力を抜く。

「意図的でしょうか」

「おそらく」

存在感がなくなったとはいえ声までが聞こえなくなったとは限らない。二人はお互いに届くだけの声量で短く会話をする。

確かにあの女性は〝ステータスオープン〟と言った。だが、〝ステータス〟だけでも自分のスキルなどを見ることはできた。ではなぜ〝ステータスオープン〟なのか。違いは、ウィンドウが他の人にも見える形で現れるかどうか。それを必要とした理由とは――その答えは深く考えずとも出た。

「悪い方のパターンか」

男性が呟《つぶや》いた言葉に、思わず笑いが出そうになる。きっとこの人も異世界転移物の小説をたしなむのだろう。和泉が出した結論と同じだ。

「ここ、移動できますかね」

「君のスキルだったらなんとかできそうだが、問題はこの体勢と荷物だな」

自分たちが想像するパターンであれば、このままここに留《とど》まるのは危険だ。すぐにでも移動した方がいいだろう。

だが男性に言われて彼の体の向こう側を見ると、彼のスーツケースが転がっていた。確かに通常でもガラガラとうるさいこの荷物を、音を立てずに移動させるのは難しそうだ。そもそも、気配を殺したまま立ち上がれるかも怪しい。

「ん？」

立ち上がって移動することを考えた時、違和感を覚える。だが今はそのことを深く考えるべきではないと、和泉は思考を元に戻した。

「気づかれないように立ち上がってここから荷物を持って移動、できると思いますか？」

「分からない。――一つ、お願いがあるんだ。君の隠密スキル、そこに集中してみて何か他にできることがないか、情報が出たりしないか見てくれないか?」

男性のお願いに和泉は頷《うなず》き、〝ステータス〟で見えた隠密スキルのさらに奥に意識を集中させる。

無意識に閉じた瞼の向こうに、スキルの詳細が浮かび上がった。

隠密(∞)
自分と対象の存在感を消す
存在感を構成する気配、におい、音など全てを含む

はっと無意識に詰めていた息を吐き、目を開ける。

確かに見えた、スキルの詳細。そこには気配だけでなく、においや音まで消してくれるとあった。

まさに自分が、自分たちが望んでいるもの。この場に相応《ふさわ》しいスキルを自分が持っていることに興奮が止《や》まない。

だが、まだ早い。喜ぶのはまだだ。ゆっくりと、発動している隠密スキルに再度集中する。先ほど発動した時よりさらに強く、自分たちを囲うように隠密を展開させる。ずんっと周りの空気が濃密になったのを感じ取った。

「これで、大丈夫でしょうか」

「ああ、ありがとう。大丈夫なはずだ」

「では、まずゆっくり立ってみます」

「そうしよう」

二人は手を軽く繋いだまま、慎重に時間をかけて立ち上がる。そばにあった松葉杖《まつばづえ》は床に転がったままだ。

——やっぱり。

先ほどの違和感。それは自分の膝《ひざ》。サポーターでぐるぐる巻きにされた膝に全く痛みがない。完全に治っている。

状況が理解できない。隠密スキルといい自分の膝といい、誰かが、何かが、〝ここを離れろ〟と言っている。和泉はそう感じた。

「とりあえずは、大丈夫そうですね」

「次は荷物だな」

立ち上がった自分たちに注目している者は誰もいない。

次に男性はカラカラと空回るスーツケースの車輪を押さえながら、左腕全体で抱え込むようにして持ち上げた。スキルで音が伝わらないとはいえ、引っ張って歩くよりは良いと考えたのだろう。

和泉も足元の松葉杖を右手で拾い上げて、初めて男性の方を向いた。

「え？」

「ん？」

和泉の目に飛び込んできた新たな激しい違和感に、思わず左手を放しそうになり慌ててぎゅっと握りしめる。ついでに霧散しそうになった隠密スキルにも力を込め直した。

「あ、えっと、なんでもないです」

「何でもなくなさげだけど――とりあえずあっちに進もう」

「はい」

両手が塞《ふさ》がっている状態だからか、顎《あご》で進行方向を示す男性を見上げながら和泉も歩き出す。

万が一スキルが切れてしまったら自分たちがどうなるか分からない。和泉は頭から離れない衝撃を何とか抑え込み、この大きな部屋から脱出することに集中する。

慣れていないせいか、高校生たちの盛り上がる声が響いたり、あの女性の声が聞こえたりするたびに隠密にムラが出る。

男性にもそれが伝わるのか、少し進むごとに心配そうな視線を向けてくるが、和泉に声をかけることはしない。和泉の集中力を切らさないようにしてくれているのだろう。

彼の気遣いに感謝しながら、繋いだ手、空気、自分たちを包む全てをスキルで覆い、さらにそれがブレないように意識する。

キンッと隠密の膜が硬くなった気がする。繋いだ左手をグッと握り返された。

――大丈夫。このまま進める。

近づいてくる開け放たれたまま外へと続く扉。

両脇を守る兵士のそばを通り抜ける時、はるか後方から女性と高校生たちの明るい笑い声が響いていた。

◆◆◆

――パタン

わずかにきしむ扉をゆっくりと閉じ、部屋の奥に進んでから扉を振り返る。自分たちが完全に死角になる位置にいるのを確認して、二人はようやく肩の力を抜いた。

ここはあの召喚された場所から、二つほど大きな塔を挟んだ建物の一室だ。

「はぁ」

「ふぅ」

同時に息を吐き、思わず顔を見合わせ苦笑いする。

「おっと、ごめん。手を放すよ。ここまでありがとうな。ん?」

「あ……」

男性が和泉の手を放そうとするが、硬く握られた和泉の指は硬直して力が抜けない。放そうとしても逆に力が入り、今度は小刻みに震え出した。

「ご、ごめ、なさ」

焦りと羞恥《しゅうち》、さらに込み上げてくる安心感と、今更ながらの恐怖に和泉の顔が赤く染まり、目の端が熱くなる。

「い、今、手を」

「誰か来るといけないから、まだしばらくこのままでいてもらっていいかな?」

「え?」

「さっきまでの強さじゃなくていいけど、バレない程度で、隠密使ってもらっていい?」

「あ、はい」

和泉の返事を確認した男性は目を細めて軽く頷き、全身の力を抜いてドサリと床に腰を下ろした。

「あー、マジ怖かった」

右手は和泉と繋げたまま、彼はスーツケースを放り出して左手でガシガシと頭を掻《か》く。綺麗《きれい》に整えられていた髪の毛がボサボサに崩れた。

「ほんと、何これ。マジ、怖かった。なんなの。悪い方の召喚って、俺、運ないわー。生きてる? 俺生きてるよね? 死んで転生も嫌だけど、でもこれもナイわ!」

あ、壊れた。

息を吐く間もなく続く男性の愚痴に、繋がった手に引っ張られるように隣に腰を下ろしながら、和泉は反射的にそう思う。

ただ、その内容には和泉もすこぶる同感で力強く顔を上下に振る。

「ですよね! 最悪ですよね! 異世界召喚のパターンは数多くあっても、こんなスタートって!」

「やっぱりそう思う!?」

「そう思います!」

激しく頷き合うのとは逆に、握った手からするりと力が抜けた。

「あ」

「お？　もうスキル切っても大丈夫かな？」

「は、はい。大丈夫みたいです」

「ん。オッケー」

何事もないかのように軽く手をフリフリしながら返す男性の様子に、和泉は小さく笑う。

彼はどうやら見た目以上に大人なようだ。肩の力が抜けたところで、和泉は改めて男性にお礼を告げることにした。

「聞きたいことはいっぱいあるんですけど、まずは名前から。市川和泉です。中学二年生です。膝の怪我がこっちに来てからなぜか治ってます。あとご存じの通り隠密スキルがあります。まだじっくりステータス見てないですけど、他にもスキルがあるっぽいです。あの場所で、ステータスを開くのを止めてくれて、ありがとうございました」

そう言って和泉はぺこりと頭を下げる。男性は目をキョトンとさせた後、表情を緩めて顔の前に手を立てて拝むようなポーズを取った。

「こちらこそ隠密ありがとう。俺は高田遥《たかだはるか》。一応大手ネット販売サイトの食品部門でバイヤーやってます。今日も出張の帰りにあのエレベーター使ったらこの通り。スキルで一番強そうなのは鑑定《かんてい》眼《がん》。レベルは∞って出てる。これが発動した時、申し訳ないけど市川君のスキルも見えて、咄嗟《とっさ》に隠密を頼んだ」

謝ってもらう必要性は感じないが、高田の説明に和泉は素直に頷く。

「今は市川君のステータスは全く見えない。隠密のせいかな？」

「え？　そうなんですか？　隠しているつもりはないんですが、隠密スキルの横に∞ってあるので、高田さんの鑑定眼を弾《はじ》いているのかもしれません」

「確かにそれが正しいかも。ま、勝手に人を鑑定するのはプライバシーの配慮に欠けると思うから普段は人には使わないつもり。今回みたいに不可抗力だったり、安全のために仕方がないような状況じゃそうも言ってられないだろうけど」

「そうですね。あの時、ステータスオープンという呪文？　に不信感を持ったのはなんでですか？」

和泉の疑問に高田は眉《まゆ》を情けなく寄せる。できるビジネスマンっぽいのに彼からは圧迫感というか緊張感を抱かないのは、高田の持つ雰囲気がどこかゆったりしているからか。

「あー、それね。あー、んー、っと、まぁ、ラノベオタクの知識だね。転移したと同時に鑑定眼が発動したんだ。それですぐに〝ステータスを見たい〟って念じた。んで、想像の通りステータスを見れたわけなんだけど、そのタイミングであのおばちゃんが〝ステータスオープン〟って言えってて言い出すからさ。あ、矛盾してんなって」

胡坐《あぐら》をかき、膝の上に頬杖《ほおづえ》をついて皮肉気に口元を歪《ゆが》める高田。和泉は黙って頷き、続きを待つ。

「わざわざ俺たちのステータス見たがるって、なんかやべえんじゃね？　これって、ラノベで召喚された先輩方々が国に利用されまくったパターンにそっくりじゃねって。それで焦ってすぐ隣にいた市川君に泣きついたってわけ」

「泣きついたって……」

早口で状況を説明する高田の言い方に、和泉は呆《あき》れた声を出す。だが高田は開き直ったかのように肩をすくめた。

「そう言うしかないっしょ。市川君の隠密スキルがなきゃ絶対あそこから出られてなかった自信がある。本当にありがとう！」

「こちらこそありがとうございます。流石《さすが》にステータスウィンドウが開いちゃったら存在を認識されていたと思うので」

「あのおばちゃんたちから遠かったし、前に高校生君たちがいてラッキーだったな。兵士には召喚されたのに気づかれたと思うけど、おばちゃんが発言しているのを止めてまでこっちを注意するのはできなかったんだろう」

「あの、前にいた女の人ってまだ二十歳《はたち》くらいじゃなかったです？」

「残念。あの人のステータスだと年齢は五十オーバー。相当な若作りだね。異世界に若さキープの秘薬とかあるのかもしれないけど」

「ごじゅ……うわぁ、五十ってすご……」

衝撃的な情報に、和泉は何度も女性の年齢を繰り返してしまう。それを苦笑いで流しながら高田は続ける。

「チラッと見えた職業欄には王妃ってあった。隣にいたおっさんが王様っぽいけど、ちゃんと見る余裕はなかった」

「意外に偉い人が揃《そろ》ってたんですね。でもラノベだと魔術師がゾロゾロいるイメージだったんですけど」

「確かに。それか若い姫様が出迎えたりするケースもあるけど、よりによって若作りおばちゃん。運悪すぎじゃない？」

「密林奥地に投げ出されるパターンよりかは良いかもしれないです」

「あ、そっか。ダンジョン最奥でもないし」

たわいもない愚痴を言い合い、二人同時にふっと力を抜く。

次の発言をどうするか逡巡《しゅんじゅん》したあと、和泉は意を決して高田にずっと尋ねたかったことを聞くことにした。

「それで、高田さんは、おいくつですか？」

「ん？　俺は来月っていうか、あと二週で三十二歳」

「三十二歳ですか……」

「中学生から見たらおっさんでしょ？　あ、まさか父親と同じ歳《とし》とか⁉」

「いえ、父は多分もう四十歳超えてます。あの……言いにくいんですけど」

「ん？　実は母親と同じ歳とか？」

「いえ、そうでもなくって」

「おう」

高田はなかなか口が良く回る。会話のペースについていくのは大変だと思いながら、和泉はごくりと唾《つば》を飲んでから口を開く。

「今の高田さん、どう見ても同い年くらいなんです」

「へ？」

ポカンとこちらを見る高田に、真剣さが伝わるよう、和泉はぎゅっと目に力を込めて見つめ返す。

「エレベーター前で会った高田さんは確かにそのくらいの年齢に見えたんですが、あの広間を出る時には、どう見ても若返っていたんです」

「え？　そんな嘘でしょ？　あ、え？　〝ステータスオープン〟！」

あの時、意思の力でねじ伏せた驚愕《きょうがく》の事実。それは、高田が二十歳近く若返って見えたこと。本人が認識していないという確認が取れた今、和泉はそれを伝えるのに迷いはなかった。

一方、とんでもないことを告げられた高田は自身のステータスを開き、ウィンドウに浮かぶ文字を見つめる。

そこには、確かに、

名前：高田　遥
年齢：十四歳

「えええええ！」

叫び声が上がる直前、和泉は隠密スキルを最大威力で展開した。

それからゆうに数分が経過しても、高田は虚空を見つめたまま動かない。かと思ったら、

「カメラ！」

突然叫び声を上げ、横に投げ出されたままのスーツケースをガチャガチャと開け始めた。

もちろん、この間も和泉は隠密スキル全開だ。どうやらこのスキル、触れていなくても対象だと認識したものを範囲に入れてくれるようだ。思ってもみないスキル効果の発見である。

「動け～、動け～」

呪詛《じゅそ》のような呟《つぶや》きを繰り返しながら、高田は引っ張り出したタブレットの電源を必要以上の力でグッと押した。

――あ、スマホもどうなったんだろう。

和泉もスマホが動くか確認したい欲求に駆られながら、タブレットが動けばスマホも大丈夫だろうと根拠のない結論をつけ、高田の手元を見つめる。

「電源は入った……カメラ、カメラは？」

数秒でタブレットが起動し高田はカメラのアイコンを押す。そこに映し出されたのは床。タブレットの背面が床を向いているんだから当たり前だ。

「あああ、もう！」

叫びながら滅多に使わない自撮りモードに切り替える。今度こそ、画面いっぱいに高田の顔が映し出された。先ほど頭を掻き回したせいで少し乱れた髪、人畜無害そうと言われる特徴の薄い顔。だがそれは高田自身が知っているものよりはるかに幼かった。

「え!?　えええええええええ!?　若返ってる！　な、なんで!?」

やっぱりか。これまでの流れでほぼ確信していたが、やはり高田は若返っていたらしい。

「なんで十四歳？　十八も若くなるってなんで！　若くないと魔法使いになれないとか？　魔法使い資格失ってる状態はダメってこと？　そんな禁断ラノベ設定？」

なかなか収まらない衝撃のまま、余計な情報を垂れ流し始めた高田を見て、和泉は彼を落ち着かせるために声をかけた。

「高田さん、落ち着いてください」

「十四じゃ、まだ魔法使い資格持ってた頃だし……いや、だったら若返るのは二十一まででいいだろ」

――卒業は二十一歳だったのか。

「高田さん？」

「それだと成人すぎていてダメなのか？　でも異世界の成人年齢はもっと低いはず……十五歳？　成人前にまで戻る必要があった？」

「高田さん！」

「お、おう！　市川君！」

「驚かせてすみません、一旦《いったん》落ち着いてもらえると嬉《うれ》しいです。こっちも高田さんがなんでそうなっちゃったのか不思議なので」

「そ、そうだな。そもそも教えてくれたのは市川君だったな。わりぃ、思いっきり取り乱した」

「いえ、この状況で取り乱さない人はいないと思うので、それは大丈夫です」

「そうか。サンキュ」

「いえ……」

ハハハと乾いた笑いを漏らす高田を見つめ、和泉はこの部屋に入るまでの高田のイメージがガラガラと崩壊するのを感じた。エレベーター前で会った彼は確実にもっとキリッとしたビジネスマンだった気がする。いや、この部屋に入った直後もマトモな大人に見えた。

異世界に来て素が出たのか、今の彼の年齢に引きずられているのか。分からないことは今はスルーして、とりあえず解決が必要なことを話し合うことにする。

「さっきも言いましたけど、怪我していた足が完治しました。それから脱出するためとしか言えない、気配だけでなく音まで隠す隠密スキルまで」

高田は和泉が言いたいことを察したのか、真面目《まじめ》な表情に戻って深く頷《うなず》く。

「俺の鑑定眼があったから、市川君はスキルに気づけた。明らかに誰かなのか何かがこの状況の裏にいるよな。だとすると、俺の若返りにも理由があるってことか」

「それが一時的なものなのか、元の年齢に戻れるかどうかは分かりませんが」

「市川君は冷静だね。大人なはずの俺が取り乱しまくってたのに恥ずかしい。しかもなんか色んな恥をばら撒《ま》いた気がするし」

「そこは聞かなかったことにします」

そう断言する和泉に、高田はショボンと肩を落とした。

「おう、助かる。それにしても〝逃げろ〟と言われているような状況ってのは、何とも不安だな」

「この国が危ないということでしょうか？」

「これまで読んだ小説の最悪のパターンではありうるかも。でも今全てを結論づけるのは早すぎる気がする」

「確かに、そうですね。どこに逃げればいいのかも分からないです」

「ああ。動くにも情報が足りなさすぎる。それに……市川君」

「はい」

「ステータスで気づいたことが幾つかあるからそれを共有したい。できれば、市川君のステータスの一部も教えてくれれば助かる」

「はい、分かりました」

異論は全くないので和泉は素直に頷く。

年齢など明らかな情報以外で共有すべきなのはまずスキル。すでに共有したスキルに加え、実は二人ともまだスキルが表示されていたのだ。

高田のスキルは二つ。

鑑定眼（∞）
対象の真実を見抜く眼《め》
対象は有形無形を問わない
交渉術

会話を意図した流れに導く

「実は、鑑定眼のレベルは∞なんだけど、どうやらレベルだけじゃない熟練度みたいなのもあるように感じる」

「熟練度ですか？」

「そう。さっき手当たり次第鑑定したんだけど、まず鑑定対象の情報が頭に浮かぶスピードが明らかに速くなっている。本当に一秒にも満たない時間だけどね。それと対象をきちんと認識しないと、目の前の全部の情報が視《み》えてくる。最初の召喚の場での発動がそうで、頭が爆発しそうになった。この場合も数秒かかったのが、今は意識した瞬間に出てくるし、ある程度数もコントロールできるみたいだ。次に、情報の量が増えた。じっくり視てると情報が増えるんだ。例えばこれ」

そう言って高田は手元のタブレットを指差す。

「視てすぐはこう」

そう言って紙に鑑定結果を書き出す。

タブレット
異世界のデバイス

「次に鑑定を続けるとこうなる」

先ほどの紙に追加された情報を加えた。

タブレット
異世界のデバイス
異世界との通信が遮断されている
通信が必要とされる機能以外は利用可

「これは、すごいですね……」

「だろ？　つってもこのスキルをくれた誰かがすごいんだけどね。なんとなくだけどスキルレベルだけじゃなく、使えば使うほど熟練度が上がってさらにできることが増えると思う」

「それは隠密も同じだと思います。最初のあの広間では、隠密の対象に触れていないと発動しませんでした。でも今はこの部屋全体を意識しておけば問題なく発動していると感じます」

「やっぱりか。……市川君」

「……はい」

「どう思う？」

「高田さんどうぞ」

「いや、だが……」

「熟練度を発見されたのは高田さんですので」

どうぞどうぞと視線で二人はお互いを牽制《けんせい》する。お互い考えていることはなんとなく想像できる。でも口に出したら負けな気がして、なんとなく譲り合ってしまう。

「市川君も絶対分かってるくせに……仕方ない。熟練度が上がるのがどう考えても早すぎる。こっちの世界に来てまだ数時間も経《た》っていないのに、体感できるくらいのスピードでスキルが成長するなんて、おそらく普通の人じゃ起こらないと俺は思う」

真剣な顔で話す高田に向かい、和泉も神妙な顔でこくりと同意する。

これまでの流れで明らかに超常的な力が働いているのはもう間違いない。

「どこまでスキルを伸ばせるかは分からないけど、〝伸ばせ〟と言われている感じがするから、お互いに頑張るしかないな」

「そうですね。身を守るためにはスキルに頼る必要があるので、積極的に使うことにします」

「そうしよう」

一旦結論が出たところで、和泉のスキルも共有する。

隠密（∞）
自分と対象の存在感を消す
存在感を構成する気配、におい、音など全てを含む
瞬足《しゅんそく》
最大体力×100の速さで走ることができる

感知《かんち》　周囲の生物、無機物、敵味方を把握できる

「ん？」

「何か変ですか？」

「市川君、ここの感知って〝生物〟と〝無機物〟？」

「はい、そうです。何かおかしいですか？」

「俺のさ、鑑定のとこ、〝有形無形〟ってあったんだよね。この違いは何だろう」

「〝有形〟は何となく分かりますが、〝無形〟はなんでしょう」

「なんとも言えないな。〝無形〟っぽいものに鑑定かけて確かめてみるよ。とりあえず市川君の感知スキルは役に立ちそうだし、瞬足もすごそうだ」

「そうですね。逃げる時には必須《ひっす》なのでこれも練習しておきます」

「そうしてもらえると助かる」

「……あ」

「どうした？」

早速感知スキルを広げてみて、和泉は脳内に浮かんだ絵に眉《まゆ》を寄せる。

「感知を発動したんですが、すぐ隣に青が一つ。これは高田さんだと思います。それ以外は赤もしくは黄色の点だけです」

「ってことは青は味方だな。それで赤は敵。あと、黄色？」

「多分敵でも味方でもない人みたいです。状況によってはどちらにでもなる可能性がある？」

「なるほどね。ちなみに、それって人が点で出るだけ？　地図みたいに見える？」

高田の質問に、和泉は目を細めて映し出された絵に集中する。色がついている場所以外は曖昧《あいまい》だ。

「地図に近い形ですけど、そこまで詳細ではないです。ぼんやりと建物の形が浮かぶくらいです」

「もしかしたらそれも熟練度で地図化機能が出るかもしれないな」

「だといいですね。地図が出るようになったら教えます」

「よろしく」

とりあえずお互いのスキルへの理解はできたようだ。熟練度が上がってスキルに変化が出たら、都度報告しあっていけばいいだろう。

そして、次。何となく話題にしたくないけど、絶対に避けては通れない情報がステータスウィンドウには書かれていた。

スキルの次に重要なものとは、お互いの「所持品」である。これがただの荷物の確認であれば全く問題などなかった。だが、これらが異世界のステータスウィンドウの「所持品」に載ってくると、全く話が変わってしまうのだ。

「高田さん」

「市川君」

「高田さんもですか？」

「やっぱり？」

お互い、所持品の項目に何が書かれているか想像でき、引《ひ》き攣《つ》った笑みを浮かべる。

そこには、元がバックパックとスーツケースという違いはあれど、全く同じ文が載っていた。

マジックバッグ（∞）
異世界のカバン
中に入っている異世界品は不壊不変
また&ん@９エad由来品を入れると状態維持する

「これって、おそらく日本から持ってきたものは壊れないってことですよね？」

「壊れないのもそうだけど、不変は腐らないってことかな？」

「そうかもしれません。惣菜《そうざい》とか食べ物とか入ってるので」

「俺も。バイヤーの仕事で色々仕入れた食べ物が入ってる」

「しばらく食事で苦労はしなさそうですね」

「それは非常にありがたいな」

日本では夏だった。この国が今どの季節なのか、どんな気候なのかも分からない。持ってきた食べ物が腐らないのは嬉《うれ》しい。

「ちなみに∞って、容量に限界がないってことでしょうか」

「多分そうじゃないかな」

「なんか、怖すぎません？」

「言うな」

文字化け部分も気になるし、所持品の中身にまで及ぶお膳立《ぜんだ》てに、二人は薄寒さを感じるが何とか話を進める。

「じ、じゃ、次な」

「はい。この〝杖《つえ》〟ですよね？」

「そう、それが何かさっきから気になってたんだ。ちょっと鑑定させてもらえないかな？」

どうぞと言いつつ和泉は〝松葉杖《まつばづえ》〟を高田に渡す。

実はこの松葉杖、なぜかステータスウィンドウの所持品欄には〝杖〟とだけ書かれているのだ。

「……やっぱり」

そう言って高田は鑑定結果を紙に書き出した。

杖
異世界素材で作られた不壊の杖
魔法発動の際の補助具
譲渡：不可
形状変化：可　（松葉杖）

「形状変化って何でしょう?」

「おそらくだけど、形を変えられるってことだと思う」

「形を、変える。松葉杖じゃない形にできるってことでしょうか」

「そうだと思う。そもそもこんな形じゃ持ち歩くのは不便だしね」

「それはそうですが……どんな形がいいですかね。魔女っ子ステッキとか?」

「そこはこだわらなくっていいんじゃないか? 魔法発動の補助だから、身につけるアクセサリーとかだと便利かもしれないし」

「確かにそうですね。ちょっとやってみます」

そう言って和泉は高田から松葉杖を受け取り、両腕で胸に抱えるようにして持つ。ステータスウィンドウの〝杖〟を意識しながら、変化してほしい形を思い浮かべる。すると、瞬く間に松葉杖は縮んでいき、最後には和泉の両手で覆えるほど小さくなった。

「お? だいぶ小さくなったな」

「はい、これです」

そう言って和泉が掌《てのひら》を広げて見せると、そこには銀色のバングルがあった。

それを右手首に通すと、和泉の手首に合わせるようにさらに細く縮み、そこにおさまった。

「ステータスウィンドウの形状変化の欄が〝バングル〟になりました」

「これは便利だな。俺は指輪にするのかと思ったけど」

「指輪はちょっと恥ずかしいです。バングルなら、バスケ部でしてたリストバンドと変わらないかなと」

「納得。確かに中坊にゃ指輪はまだ早いな」

「余計なお世話です。高田さんもしてないくせに」

「ぐはぁっ」

容赦ない和泉の指摘に高田はぐらりとよろめいたふりをする。だいぶ高田のノリが中学生に近くなっているが、やはり年齢に引きずられているのだろうか。高田の様子を興味深く観察しながら、和泉は杖の説明文をもう一度読む。

「この魔法効果倍率ってのはやっぱり威力のことでしょうか」

「そうだと思う。こりゃまたサービスがすごいな」

「でも魔法を放てるようなスキルは持ってませんよ?」

「それは調べるしかないか。ラノベだとスキルを購入できたり、後で開花したりとかのパターンもあるし」

「そうですね。実際に身につけたら検証してみましょう」

これでとりあえず杖に関してはいいだろう。次は何があるだろうか。バックパックの中身はほとんど合宿セットや食べ物だ。

「あ、すみません。ちょっとこれ視《み》てもらえます?」

そう言って和泉が差し出したのは、薬局で受け取った飲み薬の袋だ。膝《ひざ》はすでに完治したが、今後もしかしたら痛み止めなどは必要になるかもしれない。荷物と同じように不変になっていれば嬉しい。

そう思ったのだが、袋から薬を取り出した高田の反応にたじろぐ。

「へっ⁉」

「えっ？」

「ちょっと、これ⁉」

そう言ってガリガリと鑑定結果を紙に書き出す高田の手元を覗《のぞ》き込み、和泉も衝撃でカチンと固まった。

キュアポーション（錠剤）
あらゆる病気を治す飲み薬
ヒールポーション（錠剤）
あらゆる傷を治す飲み薬

「これ、元は化膿《かのうど》止めと鎮痛剤なんですけど」

「どっちがどっちになったか分かる？」

「多分、化膿止めがキュアポーションで、鎮痛剤がヒールポーションだと思います」

「体の中の炎症を抑える化膿止めがイコール病気を治して、怪我は痛みが強いからヒールポーションになったってことかな」

「お、おそらく……」

和泉の返事の後、しばらく高田は黙り込んでしまった。

そのあとゴソゴソとスーツケースの中を漁《あさ》りだし、何かを床に並べる。

和泉が使うのより難しいボタンが多い電卓と、旅行用にしては大きめな入浴セット。共通点が見つからず、真剣な顔をした高田をじっと見る。

「この二つは、俺が仕事で地方に行く時に必ず持ってくんだ。まずはこれ」

そう言って電卓を指差しつつ、その横に鑑定結果の書かれた紙を置く。

キャッシュ換算機
異世界の計算機
&h@9エad内で移動した際に、貨幣の交換が可能
追加機能：買取
譲渡：不可

「生産者と売値交渉する時に、目の前で計算してやり取りするのによく使うんだ。で、新たに両替機能とフリマみたいな機能が付いてる」

「両替は分かりますが、フリマですか？」

「この追加機能の〝買取〟ってのがそうだ。売りたいものをこの換算機にかざすと買取価格が表示されて、売ることができる、らしい。それ以上はやってみないと分からないけど」

「……誰が買い取るんでしょう？」

「……さぁ？」

また何か怖い。怖すぎる。

「えっと、こっちは？」

「これはただの俺の入浴セット、だったはずのもの。温泉好きなのもあって、地方に行く時は絶対ご当地の銭湯とか温泉に入ってたんだけどね～」

恐々と入浴セットを指差す和泉に、軽く笑いサラサラと鑑定結果を書いて、入浴セットの横に置く高田。

美容セット極《きわみ》
異世界の美容成分が詰まった散布ポーション
髪・全身に利用可能
ボトル：無限生成機能付き

「極……」

「極めちゃってるね。ただのシャンプー、ボディソープにメンズ美容液のはずだったのに。しかも無限に作られるっぽいから、減らないのかな？」

「そ、そんな感じがしますね」

立て続けに出てくる驚愕《きょうがく》の情報に、和泉は頭を抱えて呻《うめ》き声を上げる。

「大丈夫？」

「だいじょばないです。異世界転移をした瞬間より、今の方がだいじょばないです」

「気持ちは分かるけどね。ちょっと休憩しようか」

そう言って高田はスーツケースの奥から四角い包みを取り出して、包装紙をベリベリと破いて開け始めた。

「疲れた時にはやっぱり甘いものでしょう」と言いながら差し出されたのは、天照大神《あまてらすおおみかみ》で有名な地方のあんころ餅《もち》である。

「すみません。ありがとうございます」

「いえいえ」

付属の楊枝《ようじ》で餅をつまみながら、バックパックから取り出したペットボトルのお茶を飲む。

夏で多めに飲み物を入れておいてよかったと思いながら、優しい甘さに癒やされ、大きく深呼吸をする。

「とりあえず今日はどこか隠れて休めるとこ探そうか。で、明日また色々確認して、次に何をするか決めよう」

「はい。それでいいと思います」

結局その日は部屋の奥でそれぞれ服を敷き詰めて寝た。

そして次の日、食べたり飲んだりしたはずのものが復活しており、二人して絶叫したのである。

◆◆◆

初日の衝撃はすごかった。

転移そのものもスキルも持ち物も、とりあえず衝撃がすごすぎて、和泉は人格が壊れるのではないかと恐れている。人格崩壊はもしかしたら大人であるはずの高田には、すでに起こっているのかもしれない。

高田が聞いたら涙目になりそうなことを考えながら、和泉は隠密を使いトイレを探す。

流石《さすが》王城だけあって下水が完備されており、心配していたほどトイレは臭くなかった。異世界のトイレ事情は、場合（ラノベ）によっては死活問題だからだ。

マジックバッグの〝異世界品不変〟の真実に盛大に驚愕したあと、和泉と高田は次にやるべきことを昨日と同じく床に座り込んで考え出す。

「とりあえず、食料と服、金はなんとかなりそうだな」

「フリマ機能を使ったんですか？」

「さっき隣の部屋で拾った皿を売ってみた。そうしたら換算機に〝25s〟って出て、元々のイコールボタンを押したら、皿が消えて硬貨が落ちてきた」

「落ちてきた……」

高田の掌に置かれた硬貨を恐々とつつく。本物に見えるが、本当に使えるのか疑問だ。

「お金の価値や種類は流石にまだ分からないな。鑑定を繰り返しながら少しずつ覚えるしかなさそうだ。そもそもこの国を出るなら、この国の貨幣や物価を学んでも、別の国じゃ通用しないかもしれないし」

「確かにそれはありますね。お金がどこまで流通しているかも分からないですし」

「だね。あ、それと、びっくりな事実がもう一個ある」

高田はそう言いながら、ずいっと和泉の前に左腕を差し出す。

なんだろうと思いながら見ると、彼の手首には昨日はなかった銀色の太いバングルがはまっていた。

「もしかして、これって」

「そう、形状変化」

「元は何です?」

「俺のスーツケース」

「え?」

和泉は慌てて彼の後ろを覗き込むが、昨日まであったスーツケースが確かにない。ぐるりと狭い部屋のどこを見渡しても、スーツケースはなくなっている。

「マジックバッグの機能はそのままだよ」

そう言うと、彼の手にポロッと菓子パンの袋が転がり落ちた。「ね？」と言いながら袋を開けて嬉《うれ》しそうにパンを食べ始める高田。やっぱり、肉体年齢に精神も引っ張られているのでは。

「あーっと、それってバックパックでもできますかね？」

「ふぇふぃふとおもふゅよ」

「そうですか」

パンを食べるのに一生懸命な高田をその場に残し、和泉は部屋の隅に置いたままのバックパックを手に取る。少し悩んでから、昨日杖《つえ》を形状変化させた時と同じように、変化してほしい形を頭にイメージする。杖の時よりもゆっくりとバックパックは縮んでいき、コロンと掌の上に金属の感触が載った。

「できました」

高田のところに戻りながら報告をし、彼の前に右手を広げる。

「指輪？」

「はい。もうこの際、恥も何もないかなと」

「ちょっと大きくない？」

「中指にしようと思います」

「マセガキだな」

「厨二病《ちゅうに》の一部だと思ってください。ホンモノの中学二年生ですから」

軽いふざけ合いをしつつ高田の横に座り、右手の中指にできたばかりの指輪を通す。チビで華奢《きゃしゃ》な和泉には少し不釣り合いな無骨な指輪。和泉はそれを満足そうに眺めたあと、右掌を上に向けて、お茶のペットボトルを出した。

「機能も問題ないようです」

「そりゃ何より」

二人とも軽い朝食を済ませたあと、本格的にこれからのことを話し合う。

「まず、集めたい情報を整理しよう。それに優先順位をつけ、さらにその情報がどこで手に入るかを考えていこう。さっき一通り書き出してみたけど、何か意見があれば遠慮せず言ってほしい」

「分かりました」

流石は社会人。行き当たりばったりにしようとしない姿に和泉は感心してしまう。

高田はタブレットのアプリを起動し、和泉の前に置いた。そこに表示されているのは様々な細いメモを作成し、それを動かしたり繋《つな》げたりして脳内の整理をするためのアプリ。

簡単に使い方の説明を受けながら、和泉は書かれたメモを読んでいく。先ほど高田が言った通り、いつか欲しいけど今すぐにはいらない情報や、確実に掴《つか》んでおきたい情報がごちゃ混ぜになっている。

あーだこーだ言いながら二人で決めたとりあえずの目標と、将来的な目標は以下の通りである。

【優先度の高い目標】
・日本へ戻る方法の有無
・この国の情勢（召喚理由含む）
・この国の周辺の情勢（目指すべき国の選定）
【重要な目標】
・高田の若返りの理由
・日本に戻れなかった場合の人生設計
・フリマ機能以外の金策

「この世界での身分証明はどうなっているかとかも心配だけど、とりあえずはこんだけかな。あんまり色々手を出しても中途半端で良い決定ができなくなる恐れもあるし」

「日本に……帰れるんでしょうか」

「今は、分からないとしか言えない。あまり期待しない方がいいかもしれない」

「そうですよね」

実際、高田のメモに書かれた「日本に帰れるか？」を見るまで、和泉は戻れる可能性を全く考えていなかった。

昨日が慌ただしすぎたのもあるかもしれない。だけど、この場ですぐ日本に帰れると言われたとしても、それを喜んで受け入れるかと問われれば、答えは否だろう。

戻ったところで、足が怪我《けが》したままだったらと思うと憂鬱《ゆううつ》になる。追いかけた夢は破れてしまった。先輩やチームメートへの信頼も失った。和泉の夢へ関心のなかった親への期待も、消えた。

自分は薄情なのだろうかと沈み始めた和泉に向かい、高田は気楽な声をかける。

「俺としては若返りの原因が分かって、すぐに大人に戻れないってなったら覚悟決めてこの世界に住むかな。二十歳近くも若返ったままじゃ、日本に戻っても職場に行けないし」

「それは、そうですね」

「そうなったら市川君にもしばらく一緒にいてもらえると嬉しいな」

「え?」

「流石に異世界で一人きりは寂しいよ。ま、厳密にはあの高校生四人組もいるけど、しばらくは関われなさそうだろ? それに四人ですでに仲良さそうだったから、交ざっても気まずいし。あと、昨日もらった唐揚げも最高に美味《うま》かったし、各種ラーメンおよびスナックは今後絶対に必需品だ」

「完全にマジックバッグの中身狙いですね」

「そうとも言う」

「それだけとも言えます」

高田の軽いノリに和泉の気分も浮上する。

「後は……書かなくてもいいけど、いつか定住先を決めたい」

「定住先ですか?」

「うん。異世界を思う存分旅して回りたいって気持ちもある。だけど、ちゃんと戻る家が欲しい。

ほら、俺の職業ってバイヤーで色々なところに行ってたからさ。旅ももちろん楽しいけど、旅が終わって、自分の家に帰って、ソファにグデ〜って座って、自分の好きなもので溢《あふ》れた狭いアパートの中をぐるって見渡すのが好きなんだ。その瞬間が一番ホッとする」

本当にその瞬間を思い描いているような、十四歳には似合わない遠い目をして高田が笑う。自分の幸せを知っている大人がそこにいた。

「きっと見つけましょう」

「うん、本当にいつか、また三十二歳に戻る頃には見つかっているといいな」

目標が決まったら次はその達成方法である。これは高田が簡潔に解決してしまった。

「今俺たちがいるのはこの国の中枢だろ？　確実に全ての情報が集まっている場所だ。ここを徹底的に探ろう」

その一言で、二人の「王城潜伏生活」が始まったのである。

◆◆◆

二人が王城に潜伏し始めて、すでに一週間が経《た》った。

少しは街に出てみた方がいいのではないかと言う和泉の意見は、〝見た目は中二、頭脳は厨二〟でさらには交渉スキルを持つ高田に瞬殺された。

――交渉スキル、ずるい。

心の中で密《ひそ》かにリベンジを誓いながら、和泉は世界的に有名なネズミーさんがいるお城を全て集合させても足りないくらい広大な敷地を堂々と進む。

初日の二人の予想通り、この一週間でスキルの熟練度はあっという間に上がり、メインスキルから派生スキルが生まれた。

鑑定眼
「心理眼《しんりがん》」
「真理眼《しんりがん》」
隠密
「隠蔽《いんぺい》」
「偽装《ぎそう》」

「心理と真理？　ややこしいですけど、違いは何ですか？」

「心理眼は主に人の感情の鑑定。相手の心理状態が明確に感じ取れる。交渉術と併用すると効果がすごそうだ。真理眼の方は、逆にモノというか、書籍の情報が本物かどうかとか、絵画の作者とか価値が鑑定できる。〝無形〟ってのは、感情や情報の真偽鑑定を指してると思う」

「なるほど。相手の感情を読み取りながら、その人の話す情報が真実かどうかを見極めたら、絶対に騙《だま》されないですね」

「笑いながらエグイこと言うな」

「そうです？」

「そっちのスキルもなんかエグそうなのが出てるし」

「……本人にも自覚ありです」

高田の発言に、和泉は視線を横に逸《そ》らす。なんでこんな犯罪者臭のするスキルが生まれたのか本人も知りたい。

「名前だけでなんとなく予想できるけど、詳細を教えてくれると嬉しい」

「隠蔽はステータス情報を隠せるみたいです。看破スキルや、高田さんほどではないにしても鑑定スキルを持つ人に有効かと。こっちの偽装スキルを使えば、ステータスの改ざんができる感じがします」

「思った以上にエグかった」

「失礼な」

他にも隠蔽スキルは、隠密スキルで行動してもどうしても残ってしまう痕跡《こんせき》――物の位置の変化や足跡など――を瞬時に以前の状態に戻すことができる。他人のスキルを見ることのできる限られた人に対してよりも広い効果があるといえるだろう。

さらに偽装スキルは見た目や声などを変えたり、短時間であれば対象の痛覚や触覚などを誤魔化《ごまか》すことまで可能なようだ。

「スパイ垂涎《すいぜん》のスキルだな」

「すいぜん？」

「めっちゃ欲しがるってことだよ」

「ほー、受験に出そうな言葉ですね」

「日本に戻って受験問題に出たら、高田様に感謝しな」

「うち、中高一貫なので可能性は低そうですね」

「ボッチャマかよ」


その後、さらに熟練度が上がった隠蔽と偽装スキルを使うと、一定時間であれば離れていても高田の見た目や気配を誤魔化せることが分かった。それにより別行動で情報を集めることができるようなる。

それからは高田は主に財務棟や資料館に入り浸り、国家中枢に集まる情報の吟味をしている。毎日歴史書を読み漁《あさ》り、各地の膨大な納税データと格闘する姿に、和泉は絶対真似《まね》できないと若干の恐怖を抱きつつ密かに感心していた。

「思ってた以上に、地球と同じ概念が広まってるんだよね。月や年歴の数え方とか、使ってる数字とか十進法とか。収支の四半期の計算を見た時はちょっとぞっとした」

「地球のゲームが土台になっている世界の可能性があるってことです？」

「いや、まだそこまで結論にたどり着くのは早い気がする。もうちょっと探ってみる」

難しい顔で呟《つぶや》く高田に、和泉もしっかりと頷《うなず》いた。

一方、和泉は使用人棟や商人が出入りしそうな場所、兵士の鍛錬場などを手当たり次第に回り、彼らの会話から使えそうなネタを日々拾ってきては夜、高田に報告をしている。

ちなみに今いる部屋は、主に厩舎《きゅうしゃ》や騎士団の世話をする男性使用人の宿舎棟だ。朝が早く夜番も多いのか、この棟で寝起きする人数は思ったより少ない。しかしこの一週間で二回ほど寝る場所を変えているが、今までで一番汚いし臭い。明日の朝には潜伏場所の変更を提案しよう。和泉は固く決意しつつ、今日の報告のため、隣の空き部屋でシャワーを浴びて戻ってきた高田に声をかけた。

「おやっさん！　今日はいいネタありまっせ！」

「怪しい情報屋？」

「寿司職人と言ってくれると思ったんですけどね」

「……それは、ごめんなさい？」

「仕方がないので許します。で、ですね。高田さん十四歳の謎が解けそうです」

「まじか！　よくやった！」

「でしょう！　ま、第三姫殿下、って言ってもアラサー姫らしいんですけど、そこの料理人のさらに下っ端の男性のおかげですね」

「感謝したくても伝えられなそうだな」

「それは仕方ありません」

そう言って肩をすくめ、和泉は今日仕入れたネタの詳細の解説を始める。

その日、使用人が多く出入りする食堂で和泉は情報を集めていた。聞こえてくるのはどこのカフェが美味《おい》しいとか、どの隊の兵士の体が良いとか、どの役人が不倫して奥さんに刺されたとか、主に女性が好みそうなゴシップばかりである。

だがどの地域の魔獣が強いとか、どの国の料理が美味いとか、将来旅をする際に役立ちそうな情報を拾うこともできる。机の間を縫ってふらふらしながら、たまに誰かのお皿から美味そうな肉をつまむのも楽しい。

ちょうど山盛りポテトサラダと鶏もどきの炒《いた》め物を持った男性を見つけ、ちょこちょこと近くに寄る。手をつけられる前につまんでおかないと、髭面親父《ひげづらおやじ》と間接キスになる。それだけは勘弁願いたい。そう思いながら完璧《かんぺき》に気配を消しつつ、鶏肉《とりにく》に手を伸ばしたところで、別の男性が寄ってきた。

「デン！　お前も早上がりだろ？　今日飲みに行こうぜ！」

「あー、悪い。今月ってか来月まで無理だわ」

「何でだよ。金ねぇのか？」

「まさにその通り。来月次男の成人の儀があるんだ」

「あれ？　お前んとこの次男、先月で十五じゃなかったか？　まだ成人の儀に行ってないのかよ」

「だからだよ。成人の儀の喜捨《きしや》代で飲んじまってよ。来月までに小銭貯《た》めて早く教会に連れてかねえと、あいつに殴り殺されちまう」

「カミさんか？」

「いや、次男だ。元々ゴツかったが、最近はガタイがデカくなりやがって。絶対成人の儀で授かるスキルは戦闘系だ」

「そりゃ確定だな。ま、男が戦闘系スキルもらうのは憧《あこが》れだからな。それで裁縫スキルとか発現したら大笑いだ」

「やめてくれ。想像したくもねぇ。女神様に必死で祈って、なんとかいいスキル授けてもらわにゃ。ま、そんなんだから飲みは来月以降だ」

「了解」

ちなみに貴重な情報への感謝の意を込めて、このデンという髭男のお皿から鶏肉を失敬するのはやめておいた。代わりに後から来た男性のプレートにあった果物をいただいた。梨と桃の中間のような甘みがあり、大変美味だった。


使用人男性二人の会話を偽装スキルで声音を真似てまで、無駄に高いクオリティで再現する和泉。会話再現が終わったら絶賛してくれるかと思ったら、高田は顎《あご》に手をやって真剣に考え出した。

こうなってはしばらく放っておくしかないと、やや落胆しつつ今日の晩御飯を指輪型マジックバッグから取り出す。

異世界に来てまだ一週間で、バックパックの惣菜《そうざい》に飽きてはいない。だがずっとこれだけを食べるわけにもいかないので、そのうちどこかで食料を入手しなければ。食堂のつまみ食いはそのための下準備だ、と誰に向かってか分からない言い訳を並べながらきゅうりのキムチ和《あ》えを口に入れたところで、高田が顔を上げてこちらを見る。

「なかなか興味深い情報が詰まってた。俺にもキムチ頂戴《ちょうだい》」

「どうぞどうぞ。演技はどうでした？」

「野太い男の声が市川君の顔からするのはちょっとキモかった。でも臨場感があって良かった」

「それは課題ですね。で、どうです？」

和泉が問うと、高田はキムチを口に放り込み、指を一本顔の前に立てた。

「まず一つ目、成人の儀ってのが十五歳で、さらに誕生日を大幅に過ぎても問題ないというのは重要だ。俺の誕生日はもう来週に迫ってるから、当日に受けなくてもいいのは大いに助かる」

高田は和泉が頷いたのを確認して、続いて二本目の指を立てる。

「二つ目は、喜捨代が必要。でも下っ端が二ヶ月小銭を貯めればなんとかなるくらいの金額ってこと。子供姿の俺たちだけで成人の儀を受けられるか心配だが、高額じゃなければなんとかなるだろう」

あまりに高額だったら、子供だけでは絶対に受け入れてもらえないところだった。そこは安心だと和泉はまた頷く。

そんな和泉の前で三本目の指を立てて高田はパラパラと動かしてみせる。

「三つ目、成人の儀ではスキルを授かること。儀を受ける前から得意とすることが何かで、ある程度どんなスキルを授かるか予想できることだな」

和泉は不思議な動きをする指を見つめながら、高田の考えに同意する。そして高田は最後にパンッと両手を打ち合わせた。

「んで、最後重要なのが、教会と女神様。これまでの超常的な状況から考えると、明らかに俺たちに教会に来い、会いに来いと言っているように感じる」

「ですよね。高田さんが十四歳になったのも、成人の儀を受けさせるためでしょうか」

「その可能性は高い。教会に行ったら女神降臨とかマジ勘弁」

「それは行ってみないと分かりませんね」

「ああ。だが行くしかないかぁ。……市川君、ありがとう。城を出たらまずしなきゃいけないことが決まりそうだ。成人の儀を受けに行こう」

そう言いながら高田は目の前の机にじゃらじゃらと小銭を出し始める。大小様々な硬貨が並ぶが意外に量が多い。

「これって換算機で出したんですか？」

「それもあるが、俺のバイト代も入ってる」

「バイト？」

「納税データ見てたら変な箇所があったから、ちょこっとな、管理してた奴《やつ》に指摘しといた。したら『取っとけ』って言われてこれもらった」

そう言いながら指すのは、明らかに他の古びたり欠けたりしている硬貨とは異なる、ピカピカの金貨である。

確か財務棟に出入りするようになってから、色々役人に聞きたいことができたと言って和泉のスキルで現地人に偽装して出かけていた。それにしても、そんなことをしていたとは驚きだ。バイヤーのコミュ力は恐ろしい。

「価値はどれくらいでしょうか」

「分からない。もし口止め料だったら端金《はしたがね》にも見える。どれだけ流通してるかも分からないから、教会で使うのはやめておこう」

「そうですね。残りの小銭で足りそうです?」

「それも微妙だな。教会に何も知らなそうな子供のふりして聞いてみるってのもありだが……」

「なんでこっち見るんです」

「市川君ならピュアな幼い子供のフリで聞けそうかなと」

「幼いは余計です。ちょっとここの人間がデカイだけです」

「デカくはない。いっても北欧人くらいの体格だ」

「十分デカイです」

とりあえずここを出た時の最初の目的は、教会で成人の儀を受けることに決まった。

その前に優先事項である召喚の詳細、この国と他の国の情勢をまとめなければならない。それに関してはあと一週間もかからないと高田は言うので、任せておけばいいだろう。

ふっと息をついて和泉は食後の水饅頭《まんじゅう》をつつく。温かい緑茶もしくはほうじ茶が飲みたい気分だが、ペットボトルのお茶は生憎《あいにく》麦茶だ。

高田はコーヒーもしくはミネラルウォーター派で、こっちに来てから大変悔しがっていた。ただ、生産者から分けてもらった希少なお酒が無限に味わえることに気づいた時は狂喜乱舞していた。だが次の日、十四歳の体に日本酒は強すぎたらしく、ゾンビのような顔で「悔しい」と呟きながら、それでもお酒の瓶を握りしめていた。

さらに後日、「大人に戻った時に浴びるほど飲むんだ」と楽しそうに別容器にお酒を移している姿を見て、和泉はこんな大人には絶対ならないと心に誓ったのである。

◆◆◆

「さて、それではご報告させていただきます」

畏《かしこ》まってプレゼン開始挨拶《あいさつ》をする高田に、和泉はパチパチパチと拍手を送る。

約束の一週間が経《た》ち、高田が取りまとめたこの世界、主にこの国と周辺国の状況を報告する日が来た。断片的な情報はもらってはいたが、どの国に向かうかなど、今後を左右する重大な決定はまだしていない。今日の高田の報告をもとに話し合う予定だ。

ちなみについ先日、高田の二回目の十五歳誕生日を迎えた。何もしなくていいとは言われたが、それもどうかと思った和泉は食糧庫に忍び込み、高そうなワインと手が込んでそうな料理を頂戴してお祝いした。盗むことには心が痛むが、なんとなくあの王妃のせいで召喚された気がするので、慰謝料と思って心に折り合いをつけている。これに関しては高田も同意見だ。

「ではまず、この国、ラズルシード王国の現状から――」

和泉たちが召喚されたラズルシード王国は、西大陸の中央から南に位置する有数の大国である。異空間と繋《つな》がるダンジョンが複数あり、冒険者や傭兵《ようへい》、商人などが多く行き交い、ダンジョン産資源や天然資源が潤沢にありとても栄えている。

ダンジョンは一級から五級までランク分けされており、等級に拘《かかわ》らず周期的にダンジョンから魔獣が外に溢《あふ》れ出す〝氾濫《はんらん》〟という現象を起こすことが分かっている。難易度が低いと氾濫周期は短く規模も小さい。反対に、難易度が高いと氾濫周期は長いが規模が大きく、そして被害が甚大となる。

現在、ラズルシード王国内にある、難易度が一番高い一級ダンジョンが数年以内に氾濫すると予想されている。

もちろん、氾濫を未然に防ぐ方法はある。徹底的にダンジョン内を探索し、ダンジョンが有するリソースを少なくするのだ。これは小規模ダンジョンに有効であり、この方法が最も一般的である。しかし、大規模で難易度の高いダンジョンではこの方法を取るのは難しく、内部の探索で人員を削るより、外に排出させて戦略的に抑え込む方法が取られる。だが都市部にあるダンジョンでは難しかったり、発生する魔獣によっては多くの命が犠牲となってしまう。

自国民が犠牲になったり、国内の戦力が大幅に削られたりすることを嫌った王妃は、こう決定した。

――異世界から人を召喚して、それにダンジョンを攻略させせよ。

そうして召喚されたのが、和泉たち六人である。

召喚で喚《よ》ばれる異世界人は強大なスキルを複数有していると伝えられている。

中には過去、高難度ダンジョン全てを踏破し、数十年分のリソースを枯渇させたという災害級の力を持った異世界人もいたらしい。

この異世界人召喚術は、なぜか一級ダンジョンの氾濫が迫った時にのみ可能で、それ以外の時期に召喚しようとしても、召喚の要である「玉《ぎょく》」が光を失ってしまう。

「玉ですか？」

「そうだ。氾濫が近づくと玉の光が増し、召喚はその玉の力を使って行われる。俺たちが喚ばれたあの広間、床にもどこにも魔法陣とかなかっただろ？　それに魔術師もいなかった。それはあの広間のどこかに隠された玉だけで召喚できるからだ」

「あの強い光は、召喚玉が放ったものだったんでしょうか」

「確かに、その可能性は高い」

「召喚が終わったら、その光は失われるんですよね？」

「そう。今は光っていないという話を聞いた」

「分かりました」

召喚が行われたことは近く発表される予定であり、今回喚ばれた四人のお披露目も同時に行われる。

「これが大まかなラズルシード王国の状況。悪くもないが良くもない国という感じだな。王妃が力を持っていて、自国発展と平和のためなら、異世界人を使い捨てても構わないという印象を受けた」

「国民を失いたくないから、異世界人に犠牲になれという考えなんでしょうね」

「その通り」

今日まで王城を探索する間、何度か高校生四人組の姿を見かけている。女性二人は豪華なドレスを身にまとい、男性二人はそれぞれ魔術師や騎士装備を着て厚遇を受けているようだった。

別の日には魔法や戦闘の訓練をしていたが、今のところ理不尽な目にはあってなさそうだ。

「あの人たちは、成人の儀を受けるのでしょうか」

「あの場では後ろ姿だったし、今は遠目で判断できないから、若返っているのかも分からないな」

「同じ異世界人相手だと迂闊《うかつ》に近寄れませんね。あと、お姉さんの一人は気配察知スキルっぽいものを持ってる気がします」

「あー、そうすると鑑定にも気づかれるかもな。魔術師とか魔法の気配に敏感だし」

現状を見る限り、しばらくは彼らも大丈夫だろう。自分たちが国を出た後も、積極的にラズルシード王国のダンジョン氾濫関連の情報を集めておけば、自《おの》ずと彼らの情報も手に入るだろうと二人は結論づけた。

もし四人が理不尽な目にあっているのが分かった時に、この国に戻ってきて助けられるように、氾濫までの数年で力をつけておくことも目標に定めた。

「この国について知っておくべきことは、今のところこれくらいかな。——では引き続き、ラズルシード王国周辺の状況をご説明いたします」

十五歳になったばかりの幼さの残る顔をキリッとさせ、高田はプレゼンを続ける。和泉も再度気を引き締めて高田と向き合う。

「ラズルシード王国と国境を接しているのは、大きく二つの国です。北西にタジェリア王国、大陸東側の一部及び大陸東海の島々をまとめているアドガン共和国となります」

タジェリア王国はラズルシード王国と並ぶ大国であり、複数の一級ダンジョンを含め、大陸では最多のダンジョン保有数を誇っている。

実は、〝複数の難関ダンジョンを踏破した災害級異世界人〟を召喚したのはこのタジェリア王国とされており、数十年リソースが枯渇したせいで、必要なダンジョン産資源も取れなくなって苦境に立たされたという。

二年ほど前に一級ダンジョンの氾濫が起こったが、異世界人の力に頼ることなく、入念な事前準備と計画的な戦略により、ほぼ人的被害なく氾濫を乗り切っている。

「異世界人、嫌いですかね？」

「これだけの情報じゃ判断つかないな」

「過去の異世界人がはっちゃけちゃうのはラノベあるあるですね」

「……だな」

「高田さんも、鑑定眼が魔眼になって疼《うず》き出したりしないですよね」

「せんわ。そっちこそ〝隠密スキルで影の実力者として暗躍します〟とか言い出すなよ」

「しませんよ」

タジェリア王国のことは一通り分かったので、最後はアドガン共和国である。

元々は複数の小国が集まってできており、地域によって全く異なる文化が発展している。属する島は三十以上もあり、それぞれ違う部族が自治を認められている。一番力を持っているのは大陸側に住む部族で、それと並んで商人が多く所属する議会の発言権が強い。一級ダンジョンはなく、大陸側と各島に小規模のダンジョンが確認されている。

「島国はちょっと惹《ひ》かれますね。魚が食べたいです」

「魚への執着は日本人の性《さが》だな。俺も同感なんだが、一つ難題がある」

「何でしょう?」

「地理的な問題というか、移動手段かな」

そう言いつつ高田がタブレットを取り、どこかで写してきた地図の写真を指し示すので、和泉も一緒になって覗《のぞ》き込む。

「ラズルシード王国がここ。で、この辺りが今俺たちがいる王都」

そう言いながら、ダイヤモンドのような形をした大陸の下側を指して、少し左上に指をずらす。

「タジェリア王国がこっちで、アドガン共和国はこっちな」

続けて高田はダイヤモンドの左右のトンガリを軽く指す。

「なるほど。で、何が問題なんです?」

「それがここ」

写真を二本の指で拡大しながら見せたのは、ラズルシード王国東部とアドガン共和国西部の国境地帯である。そこはなぜか黒く塗りつぶされていて、和泉は首を傾《かし》げた。

「ここ、樹海もしくは腐海だってさ」

「腐海？　腐ってる？」

「何百年も前に一級ダンジョン氾濫がここで起こって、それの抑え込みに失敗してから、誰も入れない超危険地帯らしい」

「えー……」

「ってことで！　アドガンに入るには二つのルートがある」

そう言いながら高田はピシッとピースサインのように二本の指を和泉の前に突き出した。

「一つ目は、すぐ北に向かってタジェリア王国に入り、タジェリア内を移動してアドガンを目指す。ラズルシード国内の移動はこっちの方が短い。二つ目は、この王都があるラズルシード王国の西側からずっと国内を通って、東の腐海ギリギリの位置にある都市まで進む。そこから、海に点在する島々を船を乗り継ぎながら移動して、アドガン共和国に入るルートだ」

掲げられた二本の指がワッキワッキと動く。それを若干寄り目になって見ながら和泉は提案されたルートをもう一度頭の中で繰り返す。

アドガン共和国に向けて、ラズルシード王国内を通るか、タジェリア王国を通るか。簡単に言えばこの二択である。

和泉の気持ちとしてはさっさとこの国から出たい。だが、タジェリア王国がこの国より良いという確証もない。

「ま、今すぐに決めないでもいいと思う。王都からタジェリアまでの移動距離は、少なく見積もっても一ヶ月近く。移動するための備えをしないといけないし、移動中や国境近くでも情報を集めて、必要なら南東へのルートに切り替えよう」

「高田さんはそれでいいんですか？」

「もちろん。アドガンに直接行くより、他の国を経由した方が色々見て回れるし、正直この国から出たいって気持ちは俺も一緒だしな」

同じ意見だったことにほっとして、高田にプレゼンのお礼を言いつつ、和泉は彼の前にブランデー漬フルーツとナッツがふんだんに入ったケーキを差し出した。

「こ、これは⁉」

「そうです。これは昨日財務長官が食べられなくて激怒し、秘書官を殴り飛ばしてまで食べたがっていた、かのケーキでございます」

「こ、これをどこで⁉」

「異世界人が滞在している宮から頂《ぬす》いてまいりました」

フッフッフッと笑いながら、和泉は自分の分もテーブルに置く。

ちなみに、今日二人がいるのは高位役人が王城に泊まり込んだり、地方役人が定期報告などで王都に参じる際の一時宿泊施設である。上下水道が完備され、清潔で綺麗《きれい》に整えられた広い部屋は、和泉が隠密で探し回ったベスト潜伏スポット第一位だ。

「うわー、市川君、ついにあの宮にも手を出したのか。大丈夫だったか？　あいつらに見つからなかった？」

「大丈夫です。感知スキルで出たエリア図に、あの四人をマーキングしておいたので、どこにいるか把握できるようになりました」

「流石《さすが》だな。で、なんかいい情報あった？」

「んー、周りの人がだいぶ汚職に塗《まみ》れている感じです。ほら、異世界人って滅多に召喚されないでしょう？　なのに宮が建てられてたり、そこそこの予算が毎年組まれたりしているみたいなんです。でも管理がだいぶザルで、あそこにいる人たちは随分好き勝手してますね」

「うーわー……高校生組に影響は？」

「今のところなしです。でも実際の討伐に出たりしたら、物資購入が滞る可能性はあります」

「そうか。今度何か不正の証拠になるようなものを見つけたら、持ってきてくれないか？　財務官の中で信用できそうな奴《やつ》のとこに報告書紛れ込ませとくから」

「りょーかーい」

軽く暗躍の予定を立てる二人。この潜伏生活で、順調に異世界に染まってきているようである。

「あ、てか、今度俺もその宮に連れてってくんない？」

「高田さんもですか？　もちろんいいですよ。何かしたいことでも？」

「換算機で現金手に入れるのに、そこの宮のものを頂こうと思って」

「へ？」

「今までもちまちまと拾いもんで現金作ってたけど、やっぱ長期の旅には心もとない。逆にあそこは〝異世界人が住む宮〟で、提供される衣服や宝石類も〝異世界人のもの〟ってことだ。つまり、俺たちにも権利がある。んでもって周りが汚職してるなら、万一物品がなくなっているのを気づかれても、そいつらのせいにしかならないというわけだ」

「おーぅ、説得力ありますねー」

「交渉術スキルなぞ使わなくともこれくらいはな」

フッフッフッと先ほどの和泉のような笑い声を出しながら、高田はグサリとケーキにフォークを突き刺した。

　二人はしばし高位役人も唸《うな》らせるほどの絶品ケーキを堪能しつつ、雑談を交えながら次の計画を立てていく。


【王城にいる間にすること】
・換算機で現金調達
・詳細地図入手と街道ルートの決定
・旅装備入手
・国境越えに必要な書類確認（身分証や通行許可証など）
【王城を出たらすること】

・成人の儀を受ける
・一般人の旅装備及びルート確認
・物価及び貨幣価値調査
・各種ギルドの役割と登録方法確認

「意外と沢山ありますね」

「直近の目標が決まると、やることリストは細かくなりがちなんだ。本当はギルド情報は王城で手に入ったら楽なんだけど、王国機関とは独立してるらしくて詳しいことが分からなかった。これは城から出たらすぐ確認したい。もしかしたら冒険者ギルドに登録して身分証を作り、依頼をこなしながら許可証を入手して、国境を越えるっていう手が一番スムーズに行くかもしれないから」

「確かに、異世界モノのテッパンですね」

「おう、そろそろテンプレルートに乗っかりたい」

「厨二《ちゅうに》ですからね」

「だまらっしゃい、中二め」

大まかなラズルシード王国脱出計画が決定した数日後、和泉がシャワーを浴びて戻ってくると、高田が荷物の整理をしながら顔を顰《しか》めていた。和泉はガシガシと短い髪の毛を雑に乾かしながら首を傾げる。

「どうかしたんです？」

「んー、そろそろ服をしっかり洗いたいんだけど、洗濯場に忍び込めばいいのかな？　パンツの替えがもうないし」

「……切実ですね」

「市川君だってそうでしょ。パンツ裏表前後で四回穿《は》いても……」

「そんな汚いローテーション組みません。ちゃんとシャワーのたびに洗ってます」

「え？　ずるい。干してるとこ見たことなかったから、俺と同じ戦法だと思ってた」

唇を尖《とが》らせて幼い仕草を見せる高田に、和泉はついっと視線を逸《そ》らす。ずるいと言われようが何だろうが、人前で下着を干すなどできるはずがない。

だがそろそろ和泉もしっかり服は洗いたいと思っていた。洗濯場を探すのはいい案だ。

「あとさ、ついでにこの世界の服を物色しに行かない？」

そう言って高田はニヤリと笑う。物騒な表現だが、何を狙っているのかすぐに想像がついて和泉は素直に頷《うなず》く。

「こっちの世界の服、何着かは欲しいですね」

「そうそう。俺、スーツとパジャマしかない上に、若返って身長が十センチくらい縮んで丈合わないし」

「え⁉　高田さん、身長縮んだんです⁉」

「え⁉　気づいてなかった⁉」

驚愕《きようがく》する和泉に、高田が逆に驚きを見せる。そしておもむろにまくり上げていたシャツの袖《そで》を伸ばし、袖口が親指の第一関節まで届いてしまっているのを和泉に見せる。

「ほら、サイズ、全然合ってないでしょ」

「本当です。え、何それ。ずるいです」

「ずるいって何さ。縮んでるのに」

「今でも百七十センチはありますよね。ってことは、元々は百八十センチもあったんです？」

「確か、最後の健康診断では百八十三だったかな」

「ほら、ずるいです」

こちらはそれより三十センチ以上小さいのに、すでに伸び悩んでいる。ほら、贅沢《ぜいたく》ではないか。

むっと口を引き結んで睨《にら》む和泉から高田はそっと視線を外す。中学二年生であればまだ伸びるだろうと慰めてあげたいが、華奢《きゃしゃ》な和泉を見ていると望みは薄そうだ。

「あーっと、それでさ、この世界の服が欲しいわけよ」

無理矢理に話題を戻す高田。和泉はじとっと湿度たっぷりな目で彼を見てから、しょうがないというように肩をすくめる。若返った彼がまた歳《とし》を重ねることで同じ身長に戻る確証はない。今のうちに成長が止まる呪いを毎晩かけておけばいいだろう。願いはいつか叶《かな》うと信じていればいい。

「市川君さ、何か変なこと考えてない？」

「いえ、何も」

「ならいいけど」

猫のように目を細めてじっと高田を見てくる和泉から不穏な空気を感じ取ったのだが、ただの杞《き》憂《ゆう》だったようだ。

「王城にあるのって制服ばっかりかな？　それで街に出たら変に思われるかも？」

「確かにそうですね。王族の服だとゴテゴテしてそうですし」

「とりあえず一、二着、外に出ても無難なものにしておいて、あとは城下に出てから周りの服装を見て似たのを買おうか」

「それかなるべく目立たなそうな服装にして、できれば買い取ってもらって現金にするとか？」

「うん、それもいい。とりあえず、明日は洗濯場とどこか衣裳《いしょう》部屋みたいなとこを探しに行こう」

「了解です」

和泉は高田の提案に頷く。翌日、どんな目にあうかも知らずに。


顔を横に向け、高田は唇をかたく引き結んで込み上げる感情を抑える。だが鼻はひくひくと動き、肩は小刻みに震えてしまう。全くもって努力の成果は実っていない。

和泉は腰に手を当てて、そんな彼をキッと鋭い目で睨み上げた。

「……笑いたいなら、潔く！　笑って！　どうぞ！　ほら！」

「ぶふっ、う、うん。くふっ、い、いいんじゃない？　父親の服を着た子供っぽい」

「酷《ひど》いです！」

そう叫んで和泉は改めて自分の姿を見下ろす。洗濯場で拝借してきたいくつかの服。細身の高田が着ると若干ダボっとした印象はあれど、数回端を折るくらいで問題なかった。問題なのは——和泉である。

「歌舞伎っぽい」

「いよ〜っなんてやりませんからね」

「やってるし」

袖口から全く出る気配のない手をパタパタと振って、和泉はため息をつく。この世界の男どもはデカすぎる。北欧人よりも大きいのではないか。

「うーん、明らかに無理がある」

「無理でも着るしかないでしょう」

一回、二回、三回……何度袖を折っても和泉の手は出てこない。ズボンの裾も同様で、それを見た高田は腕を組んであーっと声を絞り出した。

「諦《あきら》めて、女物を着るとか？」

チロッと視線を和泉に向け、すぐにまた視線を逸らす。返事は聞かなくても分かっている。

案の定、和泉は裾を折り曲げる手を止めて両目を猫のように大きく見開いた。がくりと両腕を下ろした途端、ストンとまくっていた袖が落ちる。

「な、ななんで、女物、です⁉」

「だって、男物、完全にサイズ合わないでしょ。だったら女物……」

「この髪で⁉」

そう言って和泉は両手で髪の毛を引っ張る。部活に専念し始めてから髪は常に短くしている。こ

の格好でスカートなど、明らかにおかしいではないか。

「市川君、筋肉もないし、背も、まぁ、だいぶ足りないし？　いっそのこと女物の方がサイズ合ってねえかなって」

「むう」

和泉は傷ついた胸に手を当てて高田を涙目で睨む。高田はわずかに顎《あご》を引きつつ、指を二本立てて和泉の顔の前でぶらぶらと振った。

「それじゃ、二択。女物着るか、子供服着るか」

「究極すぎません⁉」

「選択肢が増えただけでも喜びなさい」

「ううう」

目の前で揺れる二本の指。猫じゃらしに飛びつく猫のようにペシッと叩《たた》き落《お》としてしまいたい衝動に駆られるが、和泉はぐっと堪《こら》えてむぎゅっと高田の中指を掴《つか》む。つまり、二番目の選択肢。

「じゃ、今度子供服見つけたらそれを着るってことで」

「うううう」

「あ、女物の子供服っていう」

「男の子の！　服で！」

余計な選択肢を挙げようとする高田の声を遮り、和泉は叫ぶ。その反応に高田はくすりと小さく笑い、手を下ろして頷いた。

「それじゃ、とりあえず見つけたら、子供服でも着れそうなものは優先的に拝借するということで」

「ううう」

「お返事は？」

「はいぃぃ」

高田の追及に、和泉は渋々と返事をする。高田はよろしいとばかりに一度深く頷き、元の服に着替えるために部屋を出ていった。

その背中を見送り、和泉はほっと諦めと安堵が混ざったため息をついたのだった。

それからも二人は王城で準備を着実に進めていった。もちろん、異世界人の宮にもちょこちょこお邪魔しつつ、不正の証拠を集めつつ、時代遅れな貴金属を拝借しつつ、新鮮な野菜など旅に役立ちそうな食料を分けてもらいつつ、である。

ついでに、二人はそれぞれ偽名を決め兄弟設定で旅をすることにした。年齢が低いのに長距離移動するのを不審がられないためと、二人して異世界常識がないので、育った環境を同じにしてボロを少なくするためである。

高田は遥から「ハル」、和泉は「イース」と「イーズ」で迷って結局「イーズ」に決めた。名字は平民が持っているか確証がないため、今のところはなしにしている。もし必要になった場合には「ターキュア」とすることにした。

「〝高田〟と〝市川〟を合わせて、タカーチ？　タカーガァ？　ターチー？　うーん、ターキュ、タカーチュ、ターチュ、ターキュ？　ターキュ……ターキュアにしよう！」

「厨二」

「なんか言った？」

「いいえ。ハル兄、ステータスウィンドウの名前は両方変えましたよ。今は名字はなしにしてあるから」

「オッケー、イーズ、おやすみ！」

「おやすみなさい」

それからさらに王城に潜伏すること二週間。ついに二人は長い長い下準備を終え、ラズルシード王国王城を後にした。

Side Story 1：王城の七不思議

「高田さん、高田さん。なんか最近〝王城の七不思議〟ってのが流行《はや》ってるって聞きました？」

「あ、俺もなんか聞いた気がする」

「異世界にも夏の怪談とか肝試しとかあるんですかね？　ちょっと気になったのでメモっときました」

そう言ってメモを差し出す和泉。

怪談のタイトルと現象が簡単にまとめられている。

怪談：使用人棟のリッチー
現象：空部屋のベッドに使用形跡があったり、部屋の中のものが動かされている
　昼間に直して部屋に鍵《かぎ》をかけても、次の日にはまた同じ状態だった

「あ、リッチーってのは魔術師の幽霊っぽいですね」

「それは知ってるけど……それって俺たちのことじゃね？」

「え？」

「ほら最初の頃、隠蔽スキルを習得する前に使用人棟に何日か泊まったろ？　その時に使ってたのを誰か気づいたんじゃね？」

「は！　つ、次いきましょう！」

怪談：資料棟の火玉
現象：誰もいなくなったはずの資料棟の窓に灯《あか》りが灯《とも》る
　　警備兵が何度確認しても誰もおらず、灯りが使用されていた痕跡《こんせき》もない

「うわー、これは怖い。確認しに行った警備兵可哀想《かわいそう》」

「あー、それ俺だわ」

「え？」

「ちょっと気になることがあって夜中に何回か資料棟に忍び込んでる。灯りの形跡がないってのは、市川君の隠蔽スキルのおかげじゃない？」

「ああ！　で、では次に……」

怪談：鍛錬場の悪鬼
現象：晴れた日に突然旋風や暴風が鍛練場の真ん中に発生し、突風でガラス窓が割れた

「……こ、これ、自分かと」

「え？」

「あの、ですね、瞬足スキルを練習してましして。誰もいないところがいいかなと思って、鍛錬場をお借りしました」

「おー、ガラスが割れるほどすごいの？」

「速度が速すぎると衝撃波が発生して危ないですね」

「使い所を考えないとな」

「そうします」

怪談：財務棟の番人
現象：ひっそりとどこからか現れて、資料不備や数字の間違いを指摘する影が薄い男性
何度正体を探ろうとしても、消えるかのように認識できなくなってしまう

「明らかに俺だな」

「そうですね。正体探られているようですので気をつけてください」

「そうするわ」

- - - - - - - - - - - - - - - - - - - -

怪談：設備部屋のゴブリン
現象：夜、設備部屋の中で埃《ほこり》を盛大に撒《ま》き散《ち》らし、甲高い声で叫ぶ小さなゴブリンの影が数度目撃される

- - - - - - - - - - - - - - - - - - - -

「ゴブ……ぷぷっ、ゴブリン」

「小さい……」

「ゴブブブ」

「確かに設備部屋は埃まみれで吐きそうなくらい汚かったですが……ゴブリンって」

「ブブブブ」

「あそこにはもう二度と泊まりたくありません」

「ブブブブブブブっ」

怪談：図書館の教授
現象：風もないのに読書台に置かれた本のページがめくられる
何度棚に戻しても、いつの間にか本が読書台に置かれている

「俺だな」

「ですね」

怪談：宝物庫の魔女
現象：宝物庫の奥で金貨を数える音と声がする
数え直すたびに枚数が変わり、絶叫を上げる

「うわっ、怖い！　高田さん、いつの間に宝物庫入ったんです？　あそこセキュリティ高かったでしょう？」

「いや、俺は行ってないよ。市川君じゃないの？」

「お宝は興味あったけど、デカくて重い扉を厳重に警備されてたので入ってませんよ」

「え〜、じゃ、これ本物？」

「さ、さぁ……」

「つ、次で最後だな」

怪談：皇室の女番
現象：第二妃殿下の寝室の隣から、毎晩刺繍《ししゅういと》糸を引きちぎる音がする
尚《なお》、妃殿下の部屋は角部屋であり、音が聞こえる場所には何もないはずである

「………何で刺繍糸を引きちぎる音って分かるんですかね？」

「問題はそこじゃない気がする」

「そういうことにしたいんです」

「自分で情報集めてきたくせに。ん？　ちょっと待って」

「なんです？」

「……市川君、この怪談って何個ある？」

「七不思議だから七個に決まってるでしょう」

「いいから、数えて」

「もう……いち、に、さん、し……え？」

「一個多いよな？」

「ひゃあああ！」

和泉の強い要望により、二人が王城を出るのが数日早まったとかどうだか。

【第二章　王都脱出編】

ラズルシード王国の王都ラズルシア。町人が行き交う商店街の一角に、歴史を感じさせる佇《たたず》まいをした教会がある。

柔和な笑い皺《じわ》を目元に浮かべた神父は、敷地の入り口で何やら顔を寄せて話し合う年若い二人を見つけて声をかけた。

「そちらのお二人、成人の儀を受けにいらしたのですか？」

「あ、僕が今度受けたくて。今こんだけ貯《た》まったんです。あとどれくらい必要か教えてくれますか？」

「おや、もうあと少しですよ。この茶色い硬貨、あと二つで足ります」

「本当に？　兄ちゃん、やったね！　あとちょっとだって！」

「お、おう！　やったな！」

「おじちゃん、ありがとう！」

「おじ……ゴホン。私のことは、神父と呼んでいただければ嬉《うれ》しいです」

「神父サマ！」

「はい」

ヒョロリと細い青年がほっとする横で、十歳ほどの少年が顔を輝かせた。興味津々で神父を見上げる姿は何とも愛らしい。

「あのね、今日は成人の儀は無理だけどね、兄ちゃんにとびっきりのスキルくださいって女神様にお願いしたいの。あそこの女神様の前に行って、お願いすればいい？」

「そうなんですね。それはとても良いことです。では、どうぞこちらにいらしてください」

神父は少年の願いを汲《く》み取《と》り、微笑《ほほえ》んで礼拝堂へと案内した。そして女神像の前に二人を招いて礼拝の作法を教える。

「そこに座って、こう手を組んで……そう、合っていますよ。女神様は心の中まで見通されるお方です。声に出さずとも願いを言えば、きっと聞き届けてくださいます」

「本当？　女神様はすごいんだね。父ちゃんなんか、ボクが何度話しても、キイテネェって言うんだもん」

「おい、そのくらいで……」

「あ、兄ちゃん。兄ちゃんもこっち座って！　手はこうだよ」

「では、お祈りの場を邪魔してはいけませんので、私はこれで。お二人に女神様のご加護があらんことを」

「神父サマも！　ゴカゴウがアランことを！」

成人の儀を控えた兄の顔つきはしっかりしており真面目《まじめ》そうだ。もしかしたら、文官向けのスキルを授かるかもしれない。二人とも茶色の髪を綺麗《きれい》に整えており、服装にもくたびれた感じはない。父親に問題があっても周りが何とか二人を支えているのだろう。兄が成人の儀を受ければ、彼らの境遇もさらに改善されるかもしれない。そんなことを思いながら神父は日々の務めに戻っていった。

「ぷぷっ、ゴカゴウって。ぶふっ」

「うっさいよ、兄ちゃん。早くお祈り済ませて行くよ」

「おう。ぶふふふっ」

笑いが止まらない高田――ハルを横目で睨《にら》みつけ、和泉――イーズは祈りのポーズを取って目を閉じる。

二人が王城を出て、王都内に生活の場を変えてから十日ほど。初日は王城近くをうろついたが、高級住宅ばかりでとっとと下町に活動場所を移した。

今は王都にある三つのギルド――商人ギルド、冒険者ギルド、生産者ギルド――の情報を集めているところだ。

町に出て一番の発見は黒髪はほぼいないということ。王城ではたまに見かけていたからいないわけではないのだが、どうやら黒髪はほとんどが貴族らしい。それを知ってからは、ハルとイーズの髪の毛は目立たないようにイーズの偽装スキルによって一般的な渋い茶色に偽装している。

旅の装備は王城でほとんど整い済み。あとは一般人が移動する際の手段や持ち物、ルートの確認と、一番重要なハルの成人の儀を受けるだけだ。順調にいけば一週間以内には、タジェリア王国へ出発できるだろう。

「本当にみんな何で幼い子供扱いするんでしょう。知ってます？　この前なんて十歳に見えるって言われたんですよ。無理して大人の真似《まね》して喋《しゃべ》らないでいいんだよ〜、それも可愛《かわい》いけどねって言われても！」

「まぁ、そっちの方が似合っちゃいるけど」

「嬉しくない！　ヒッジョーに甚だしく遺憾である！」

祈りの手を握《にぎ》り拳《こぶし》に変えて唸《うな》るイーズに、ハルも同情を覚える。

最初は年子の兄弟として行動していたが、どうやらこの世界ではイーズは十歳前後に見られると知った。丁寧な言葉を使うイーズを皆が皆、奇妙な目で見るのだ。仕方なく子供っぽい喋りと仕草をするようになったイーズだが、偽装スキルの熟練度が上がっているためか、どんどん演技力に磨きがかかっている。

二人で会話をする時には、砕けてはいても元の口調を崩さないイーズに、ハルの方が切り替えれず戸惑うほどだ。

「永遠のショタ候補だな」

「ショタ！　ロリババァよりはるかに需要がないやつです！」

「いや、あるんじゃない？　需要。神様キャラとか？」

「いますけど！　絶対、死なせちゃいけない人をうっかり死なせて、主神に内緒で異世界転生させるウッカリ駄神とかだし！　いいんです、成長期は遅れてやってくるはずです。スキルのことと一緒に身長もくださいって祈っときます」

「キャラがブレブレだぞ」

「中学二年生は常に本当の自分を探しているものです」

「なるほど。それは失礼」

相変わらずの調子でポンポン会話をしながら、二人は祈りのポーズを取る。

今日は教会の場所、内部と喜捨代の確認に来ただけだ。先ほどの神父の様子から、成人の儀に親がついていなくとも良さそうだし、喜捨代も手持ちのお金ですでに十分払える。

祈りの時間が短すぎても神父に不審に思われるだろうから、ここはちゃんと祈ったふりをしてから出よう、と思ったその時――

二人の視界がまるであの時のように、真っ白な強い光で埋め尽くされた。


「残念だけど、イーズちゃんの身長は伸びてもあと数センチってとこね」

「嘘だああああああ！」

視界が戻った直後かけられた言葉に、イーズは反射的に叫ぶ。

目の前の白く広い空間には、想像していたよりもふくよかな女性が立っている。おそらくこの人がこの世界の女神なのだろう。

「あーっと、それは確定？」

「そうね。あなたたちの体は地球産だから、私では勝手にできないの」

「体はいじれなくてもスキルをつけることは可能？」

「そう。界を渡る時にね、体以外は再構築されるの。だから、それらに手は出せても、体に直接何かを組み込むことはできないのよ」

「だ、そうだ。諦《あきら》めろ、イーズ君」

「な、なんて非情な神様！　せめて予言してくれなければ、まだ希望はあったのに！」

「まぁ！　現実を早く分からせるのも本人のためだと思ったのよ」

「全くもってその通りですね」

「あんたら酷《ひど》い！」

女神の前でも相変わらずの二人。イーズは目と口をかの有名な絵画のように全開にしてショックを表現する。一方ハルは、イーズが落ち込んでいる間でも、女神に聞きたいことを直接聞いていくことに決めたようだ。

――ハル、酷い。

「とりあえず、成人の儀を待たずに会えて良かったです」

「その前に伝えたいことがあって。だから成人の儀はまたちゃんと受けなさいね」

「分かりました。話とは召喚やスキルのことですか？」

「それと、二人がこの世界に来た時のことから全部よ」

「分かりました。ありがとうございます」

場の雰囲気が真剣なものに変わったため、イーズもハルの隣に用意された椅子に腰掛けた。

――っていうか、いつの間に机と椅子？

「ふふっ、長い話をするには必要でしょ」

「そ、そうですね」

――カミサマ、コワイ。

心の中を読まれたと震えるイーズ。顔に全部出ているなんてことは告げずにハルは笑いを堪《こら》えて肩を揺らした。


「本来なら、異世界人と私は直接関わることはないのだけれど……」

そう前置きして女神は話し出した。

元々この世界への地球人の召喚は、三柱の神が取り決めたことだった。

爆発的な過剰エネルギーを持った異空を管理する神は、ダンジョンを繋《つな》げることにより、この世界にエネルギーを放出した。

ダンジョンによる世界崩壊を止めるために異世界人の力を女神は必要とした。拡大し続ける宇宙空間を安定させるため、地球がある世界の神は異空の神の力を頼った。

三柱の需要と供給が一致し、はるか昔から地球人はこの世界に勇者として送り込まれてきたという。異世界人をここに召喚する際の決まりは、たった四つ。

一つ、人口密度が一定数以上ある地域から喚《よ》ぶこと
一つ、一回の召喚は最大十人を超えないこと
一つ、召喚はこの世界にダンジョンによる危機が迫った時にのみ行うこと

一つ、召喚対象者は、召喚先の成人年齢に達していること

「え？」

「ど……どういうこと？」

最後の取り決めが告げられた時、ハルとイーズはそれぞれ戸惑いの声を上げる。

女神はハルを見たあと、今度は顔をイーズに向けゆっくりと口を開いた。

「市川和泉さん。あなたは本来であれば、召喚されるはずではありませんでした」

数秒、イーズは呆然《ぼうぜん》とただただ女神を見つめる。見返す女神の目は驚くほどに無感情で、先ほどの言葉に謝罪の意は含まれていなかったと気づいた。

「本来の世界線では、あなた方二人は同時にエレベーターに乗るはずではありませんでした。本来であれば、高田遥さんがエレベーターに乗って――他の四名と一緒に召喚されて――市川和泉さんは、あのエレベーターには乗らないはずでした」

「で、では何で！」

「神の意志でしょうか」

「え？」

「あなた方の世界の神の意志によるものです」

まるで理解できない。イーズは眉《まゆ》を顰《ひそ》めて女神の言葉の続きを待つ。女神はいつの間にかテーブルに置かれた紅茶カップから一口飲むと、優雅な仕草でそれをソーサーに戻す。

「市川和泉さん、あなたはエレベーターに乗らず、階段を使うはずでした。そして高田遥さん、あなたは市川和泉さんが去った後に、高校生たちに声をかけるはずでした」

「俺があの場に着くタイミングが早まった？」

「そうです」

イーズが召喚されたのは、ハルの行動が予定とは異なったから？　でも、なぜ？

「俺が、あの場に早く着く必要があった？」

わずかな間の後、硬く緊張をはらんだ声でハルが呟《つぶや》く。

ハルは何かを知っている、いや、何かに気づいたのだ。イーズは動きの悪い脳と首を何とか左に回し、ハルの張り詰めた横顔を見つめた。

「その通りです」

「それは、イーズに、階段を使わせないため？」

「その通りです。あの階段を使えば――」

「もういい！　もう……いいです。分かりました」

ハルは女神の言葉を遮って怒鳴り、顔を下に向けて首を何度も左右に振る。

「ハル？　何が、もういいの？　何が、分かったの？　ねぇ、ハル？」

イーズはまだ何も理解できていない。膝《ひざ》の上で固く握りしめられたハルの拳に手を伸ばし、彼を揺さぶる。

「ねぇ、階段が、どうしたの？　あの階段を使ってたらどうなったの？　ね、答えて？　答えてよ、女神様!!」

「イーズ、よせ!」

「市川和泉さん、あなたはあの階段で、最上段から足を踏み外し、命を落とす予定でした」

ハルの悲痛な制止の叫びと共に、無慈悲な女神の言葉が、イーズの耳に届いた。

女神の言葉の後、自分の拳に添えられたままピクリとも動かなくなったイーズの手を取り、ハルはふんわりと上から包み込むように自分の手を重ねる。それから未《いま》だ呆然とするイーズの横顔を数秒見つめた後、女神へと向き直って激昂《げきこう》の去った静かな声で女神に呼びかけた。

「いくつか、お尋ねしても?」

「いいわよ。そのために呼んだんだもの」

「先ほど、イーズが、市川君がこの世界に来たのはあちらの神の意志と。なぜ、かの神が市川君を助けたんですか?」

「助けたかったのは、市川和泉さんだけではありません」

「それは、俺も?」

「そうです」

ハルもあちらの神に助けられた。気になるフレーズにイーズは俯《うつむ》いていた顔を上げる。女神はどこか遠くを見つめる眼差しをしていた。

「私たちは——あちらの神は、召喚される方々を見守っていて気づいたのです。たった二秒にも満たないすれ違いでこぼれ落ちてしまうカケラがある。その二秒がなければ、市川和泉さんは階段を使わず、命を落とさずに済む。そして高田遥さんと一緒にエレベーターに乗れば、この世界に来ることができる」

手元のカップに視線を落とし、女神は残った茶をくるりと揺らす。ほんの些細《ささい》な動きが生み出す変化。たった二秒の瞬きのような時間の差。

「逆に、高田遥さんがもし一人で、いいえ、あの四人だけと共にこの世界に来ていた場合、高田遥さんはあの召喚の場から逃げることはできない。すでにある他の四人の絆《きずな》、年齢の差、持っているスキルの差。高田遥さんには、この世界で冷遇される未来が待っていました」

無感情な声で続く女神の説明に、今度はイーズがハルの手をぎゅっと強く握る。

確かに、あの召喚の場からは、イーズの隠密スキルなしでは逃げられなかった。そしてハルには戦闘系のスキルがない。つまりダンジョン氾濫《はんらん》を抑える即戦力とはならず、力のない異世界人として使い捨てられていただろう。

「市川和泉さんが開花させる可能性のスキル、高田遥さんのスキルとの相性。二人の……命の行方《ゆくえ》。あの世界の神は、二秒をゼロにすることを決めたのです」

イーズは、この地に召喚されなければ、命がなかった。

ハルは、イーズがいなければ、この地で生きていけなかった。

神々が見た、たった二秒のすれ違いが招く、二人の命の残酷な結末。

「俺たちの体は〝地球産〟と言っていましたね。そうすると俺を若返らせたのはあちらの神？」

「体を若返らせたのはあちらですが、そう私がお願いしました」

「理由は？」

「交換条件でした。本来であれば召喚されない市川和泉さんを受け入れることの引き換えに、高田遥さんの体を十四歳に戻して送ってもらいました。理由は神としての制約のためです」

女神の話によれば、神々はそれぞれの世界の住人との関わりに関し、己に一定の制約を課す。例えば、ある世界では生まれた時にのみスキルを与え、ある世界では生涯を通して様々な試練を課し、ある世界では神の声を他の幻想生物を通して届ける。

この世界の女神は「干渉ができるのは成人の儀前の子供のみ」という縛りがあった。二柱の神により運命が変えられた二人に接触するには、どちらも成人前の年齢でなければならなかった。

「市川和泉さんの成人は、召喚から十月《とおつき》以上先で、事情を伝えるには間が空きすぎていましたし、成人の儀を受けに来てくださるかも分かりませんでした。高田遥さんを十四歳まで若返らせれば、その理由を探り、成人の儀のために教会に来るはずと思いました。それは正しく、こうやって話をすることができました。あとは……そうですね、十四歳の子と行動するには前の年齢より、今の年齢の方が楽でしょう？」

女神は、これまでの無表情を崩してふふっと楽しそうに笑った。

「えっと、そうですね。三十オーバーで十四歳と行動したらどうしても、俺が引っ張っていかなきゃとか、守ってあげなくてはって気持ちが強かったと思います。もちろん、今もイーズの倍以上の年齢生きた経験がある人間として、それなりに守ってやらなきゃって思うんですけど……何ていうのかな、うん。若返ったおかげで、距離が近くなったというか、肩の力を抜いて異世界を楽しめるというか……だから、」

そう言ってハルは椅子から立ち上がり、女神をまっすぐ見つめてゆっくりと深く頭を下げた。

「若返らせてくれて、ありがとうございます」

「あ！」

イーズも慌ててハルの横に並び、ガバリと頭を下げる。

「命を救ってくれて、ありがとうございました！　それから、この世界に喚《よ》んでくれて、ありがとうございます！」

「ふふっ、市川和泉さんの命を救ったのはあちらの神よ。でも感謝の気持ちは嬉《うれ》しいわ。さ、難しい話はここまでにしましょう。他にも話したいことは沢山あるの。その前に。二人とも座って、美《お》味《い》しいお茶でも飲みなさいな」

パチンと両手を合わせて微笑《ほほえ》んだあと、二人の前に温かな湯気を立てた茶器が二脚並ぶ。ふんわりと香る紅茶の匂いに体の力が抜け、二人はそれぞれの椅子にドサリと腰を下ろした。

「んー、それにしても俺に、〝ダメスキルを持った巻き込まれ召喚おっさん〟になる危機があったとは。こりゃ、イーズにも感謝だな。ありがと、イーズ」

「そんな！　こちらこそ、あのエレベーター前で、高校生に声をかけてくれてありがとうございました！　本当にあの瞬間、階段の方に戻ろうとしていたのでっ、なのでっ」

紅茶を飲みつつ、こちらに向かっておどけて頭を下げるハルに、イーズは体の前で両手を勢いよく左右に振り、自分からも感謝を伝える。

話しているうちに、もしかしたら死んでいたかもしれないという実感がじわじわと湧いてくる。あの時、あの階段の上に立った時に一瞬感じた恐怖が、忘れかけていた感情が込み上げてくる。

「あ……」

ポロリと、イーズの瞳《ひとみ》から、涙がこぼれ落ちた。一滴、また一滴。


召喚されてから、毎日が楽しかった。――でも、怪我《けが》が治って嬉しかった。――心の奥底で、スキルを使えて嬉しかった。――常にそこには、でも死んでいたかもしれないと知って――恐怖があった。

「ふっ、うっ、ううう」

「我慢、すんな」

下を向いた頭の上にポンッと重みが乗り、反動でポタポタと膝に水滴が落ちる。

「我慢、しなくていいから」

ワシワシと乱暴な仕草で、でもどこかしら温かみがある仕草でハルはイーズの髪を撫《な》でる。でもそんなハルの声も泣き出しそうに震えていてイーズは顔を上げながらハルの名を呼ぶ。

「ハルも」

「ん？」

「ハルも、だよ」

「ん」

ふひゃっと変な音を漏らして、ハルが笑顔のまま一滴目尻《めじり》から涙をこぼした。

――変なの。でも、安心。

イーズは、細い腕をいっぱいに伸ばす。それに応えるようにハルは、両手でイーズの頭を抱き抱えた。

トン、とイーズは頭をハルの鎖骨に当てた。ハルは額をイーズの頭にコトンと寄せる。フルフルと震える体も、サラサラと流れる涙も、その奥でリズムを刻む鼓動も同じ。二人だけが分かる痛みだ。

だから、もう一度。市川和泉はイーズとして、高田遥はハルとして、
ここで、この世界で、新しい一歩を踏み出そう。

◆◆◆

「これはもしや！　もしかして⁉」

「おい、イーズ？」

「イーズちゃん欲しがってたでしょ～。うちの世界産よ」

「女神様素敵！　これを求めていたんですよ。それにこれがあると言うことは……まさかまさか？」

「イーズちゃんの想像の通りね」

「やったぁ！　ありがとうございます！　これで異世界生活に目標ができました！」

「イーズ、落ち着こうな？」

「いいの、いいの。私だってこの世界の良いところを知ってもらいたかったんですもの」

ひとしきり泣いて落ち着いた頃、「喉《のど》が渇いたでしょう。新しいお茶を出すわ」と言って出された飲み物の正体に気づき、イーズは激しい興奮で震えている。

出された茶色い液体から香るほのかに芳ばしい匂いは、明らかに紅茶でもコーヒーでもない。それは、ほうじ茶だった。ほうじ茶があるということは、確実に緑茶もあるはずだ。この世界のどこかに、必ずあると言う女神の言葉。これを天啓と言わず何と言う！

シリアスも何もかもぶっ飛んだイーズの様子に、ハルも泣いたり抱きしめたりして感じていた照れが吹き飛んだ。

「これはね～、タジェリア王国の西部で作られるから、国境付近でもすぐ手に入れられると思うわ。緑茶は味にこだわりたいなら、中央から東部ね。あと、烏龍茶《ウーロンちゃ》に近いものは、アドガン共和国よ。どちらかといえば薬の扱いね」

「なるほどなるほど。これはタジェリアルートを行けということですな！」

「ふふっ、是非異世界旅行を楽しんでもらわなきゃと思って、イーズちゃんが来たら出そうと決めてたの」

「もう！　素敵すぎます！」

「イーズ……」

マジックバッグの物を出して問題ないと言われ、イーズはハルをつついてピンクの包装紙に包まれた大好きなあんころ餅《もち》を出させる。さらに自分の指輪からも、駅で買ってあったミニ羊羹各種を並べる。イーズの認識では、ほうじ茶には和菓子が欠かせないのだ。

「本当に中学生かよ」

「日本のものに敬愛の念を抱いているだけです」

「さいでっか」

女神も交えてイーズ的ベストマッチを楽しみながら、この世界で楽しめる食べ物や文化を教えてもらう。二人とも「アドガン共和国のとある島でしか食べられない幻のエビ料理」には目を輝かせた。

情報ネットワークは地球ほどではないが、そこそこ発展しているという。一方で移動技術はまだまだらしく、〝次の機会に行こう〟とは気軽にできない世界。女神を情報源にするのは凄《すさ》まじいレベルでのズルだとは思うが、こちとら異世界初心者。今の時代、現地神《じん》情報と口コミは等しく威力を持っているゆえ、使えるものは何でも使っちゃる、というのは元食品バイヤーのハルの意である。

「荷物に入っていたものっていう縛りはありますけど、異世界に来てもこうやって日本のものが食べられるのは、本っ当に感謝しかないです。お話では一部地域で日本に近い食文化があるみたいですし。人はパンだけで生きていけないのです」

「……宗教家か。俺は欲を言えば、地球からお取り寄せができたら嬉しいんだけどね」

「ん〜、それをしちゃうと界の境目が繋《つな》がりっぱなしになって、召喚以外でも物や人がボロボロ落ちてきちゃうことになるのよ」

「それは危ないですね。大丈夫です。今持ってる荷物で十分満足しています。貪欲《どんよく》なハルと違って」

「俺だって満足しとるわ！」

甘いお菓子と美味しいお茶で心とお腹《なか》が満たされると、話題は自然と現実的なものに移った。

「来週には成人の儀を受けようと思います。その時もこの場に呼ばれるんですか？」

「――いいえ。あなたたちと直接会って話すのは、この場が最初で最後です」

当然また会えると思っていた二人は驚きにお菓子をつまむ手を止める。そんな二人を見て、女神は困ったような、それでいて慈愛に満ちた顔で微笑んだ。

「制約はね、守らないといけないの。あなたたちは、いいえ、異世界人は誰も、この世界では成人の儀を受けるはずがない存在。それを無理矢理私たち二柱が捻《ね》じ曲《ま》げ、そしてこの場に呼んだ。これ以上は、私は干渉すべきでない。だから、ごめんなさいね」

初めて女神から伝えられた謝罪に、ハルもイーズもどう応えればいいか分からない。言葉を探して逡巡《しゅんじゅん》する二人に女神は、にっこり笑ってこう言い放つ。

「だから！　お二人には大大大サービスで！　成人の儀で欲しいスキルを決めてもらいます！」

語尾に「パンパカパーン！　パチパチパチパチ〜！」とまでつける女神に、二人は別の意味で言葉が出なくなったのである。


女神曰《いわ》く――

すでに持っているイーズたちのスキルは、地球での経験を基にしており、この世界由来ではないゆえにスキル成長スピードが早くなっているらしい。だが地球との繋がりは徐々に薄れ、一年以内に成長は落ち着き、それ以降はこの世界の人々と同じ熟練スピードになるとのことだ。成長が止まってしまうわけではないのは安心である。身長と違って。

一方、成人の儀で授けるスキルは、この世界のルールに則したものとなるため、異常な成長をしたりはしないという。ちょっと残念だ。

またスキルは熟練度で成長するが、ステータスには現れないし数値で測ったりもできない。そのため、例えば同じスキルを持った二人どちらの熟練度が高いかは、実際にスキルを発動して見せるしかない。これは保持スキルレベルが∞である二人にとって、非常にラッキーである。十五歳と十四歳という幼さで、異常なレベルのスキルを持っていることがバレたりする危険性が低いということとだからだ。バレて国や悪人に奴隷のように働かされる、なんてフラグは最初からない方が良いのである。

ちなみに、この大陸には奴隷制はないらしい。ちょっと安心だけど、〝この大陸には〟というフレーズに不穏なものを感じる二人であった。


「スキルに関しての基本的な知識はこんなものね。他にあるかしら？」

「剣術や木工、鍛冶《かじ》といったスキルがなくてもできるものがありますが、スキル持ちとの違いは何ですか？」

「いい質問ね、ハル。それは作業スピードの違いとか、完成度の高い技や作品ができるといったものに表れるわ。スキルなしでは十回に一回しか成功しない技を毎回完璧《かんぺき》に繰り出すとか、希少な材料で確実に作品を完成させるとかかしら。そういったスキルなしでもできる分野のスキルを〝一般スキル〟と言うの。武術、芸術がこれにあたるわね」

説明に納得してハルは頷《うなず》く。女神は続けてそれ以外のスキルの説明を始めた。

「火や水魔法など魔法に素養がないと発現しないスキルはそのまま〝魔法スキル〟ね。貴族に多く発現すると言われるけど、可能性はあくまでランダムよ。神様が保証するわ。最後に、あなたたちの鑑定眼や隠密など、真似《まね》が容易にできなくて本来発現しにくいスキルは〝特殊スキル〟になるわ」

「他の特殊スキルにはどんなものがありますか？」

「ん～、縮地、読心、洗脳、魅了、転移、石化、複製……」

「な、なんか、すごく不穏なスキルが幾つもあるみたいなんですけど！」

「大丈夫よ～、イーズちゃん。作ったスキルにはそれぞれ対抗措置が取れるようにいつもしてるから」

「ならいいんですけどね。やっぱカミサマコワイ」

スキルの仕組みは理解できたが、欲しいスキルをすぐに決めるのは難しい。二人とも戦闘スキルを持っていないため、片方でも戦えるスキルが欲しいというのはぼんやりある。結局この日決めるのは諦《あきら》め、ハルは一週間後に、イーズは半年以上先の誕生日後の成人の儀でお願いすることにした。

今後の予定も決まり、そろそろお別れかとイーズが少し寂しく感じていると、ハルはためらってから、もう一つ気になっていたことを尋ねた。

「最後にもう一つだけ。ラズルシード王国とアドガン共和国の国境地帯、樹海もしくは腐海と呼ばれる地域。ここはもう一つ別の名で語られることがあります。それは――女神に見放された地、と。何百年も放置されたこの場所には何があるのか、教えていただけますか」

◆◆◆

その地にはかつて、誰も最奥まで到達したことのない、一級ダンジョンの中でも最難関、最大規模のダンジョンが存在していた。

そんな危険なダンジョンに氾濫《はんらん》が間近に迫った時、異世界から男女十人が召喚された。彼らは地球のヨーロッパにある空港で偶然居合わせた、国籍も年齢も性別も全て異なる人たちだった。その中には、長く対立している国同士から喚《よ》ばれた二人がいた。もうすぐ結婚を控えた女性がいた。戦争を経験してトラウマを抱え、母国に戻ろうとしていた兵士がいた。

さまざまな事情を抱えた十人は、突然喚ばれた異世界の危機に積極的になれる状況ではなかった。それでも氾濫は止めなければいけない。ダンジョンがあった国の上層部になんとか説得され、なだめられ、懐柔され、そして騙《だま》され、異世界人はダンジョンに立ち向かった。

取られたのは地上戦ではなく、ダンジョン攻略というさらに難易度が高い作戦。深層部への攻略は長く、永く続いた。

元からダンジョン攻略が容易でないのは明らかだった。さらにそこに、攻略隊内部の不和が重くのしかかった。

敵対国出身の二人は絶えず反目し合い、度重なる衝突は全員に緊張をもたらしていた。結婚の夢が破れた女性は、他の男性メンバーに擦り寄り、何人もと関係を持った。元兵士は暗闇の中で恐怖に耐えられず何度もパニックを起こし、叫び声を上げ、攻略難度をさらに上げていた。

絶え間なく続く諍《いさか》い、お互いへの不満、積み重なる疲労、魔獣への恐怖。

パチンとシャボン玉が割れるがごとく、必然であったかのように攻略隊は崩壊した――そして、あっという間にダンジョンは氾濫し、地上は地獄と化した。

ダンジョンの抑え込みに失敗した国は、たった一夜で王都を含む国土の大半が魔獣の大群に呑《の》み込まれた。残された人々は魔獣に立ち向かおうとしたが、一級ダンジョンから溢《あふ》れる強力な魔獣に少しずつ数を減らしていった。

唯一の救いは、魔獣はダンジョンから遠く離れると力を失い、弱い個体は生きていけなくなるという事実だった。周辺国、今のラズルシード王国とアドガン共和国は、ダンジョン影響範囲から漏れ出る魔獣だけを討伐し、決してその地に足を踏み入れないことを決めた。


「このダンジョンの影響は凄まじく、まだ完全に力を失っていないため、今もあの地域は人の住める状態ではありません」

その声からも表情からも、女神が後悔しているのが伝わってくる。

過去に起こった悲劇の真実に、イーズは何と言えば良いのか分からない。自分は召喚で命が助かった身。召喚により人生が狂い、命を落とした十人とは全く逆の立場である。こんな時先に冷静になれるのは、やはりハル。

「女神様が介入することは、できなかったのですか？」

「できません。この地に召喚された成人した異世界人には、私は手を出すことはできないのです。唯一私ができたのは、異空の神に頼んであのダンジョンへのエネルギー供給を止めてもらうことだけでした」

「他のダンジョンは今も繋がっていると？」

「そうです。ダンジョン氾濫が終わってもダンジョンは常にそこにあり続けます。それは異空からエネルギーを受け取っているからです。今もあの地にダンジョンが存在し、周りの環境に影響を及ぼし続けているのは、まだ内部のエネルギーが枯渇していないからです」

「では、そのうちダンジョンがエネルギーを完全に失えば、あの地は元に戻るのでしょうか」

「その通りです。この何百年でゆっくりとですが、ダンジョン影響範囲は狭まっています。人間はなかなか気づいていないようですが……」

「なるほど。範囲が広く、人間の寿命よりはるかに長い時間がかかっているので、変化を感じ取れないのかもしれませんね」

「そのようですね」

「分かりました。あの地は決して女神様に見捨てられた地ではないということが。きっと、途方もなく先になるのかもしれませんが、いつか人間が住める地になるということが」

そう言ってスッキリした表情をしたハルに、女神は少しだけ、ほんのわずかだけ、泣き笑いのように顔を歪《ゆが》めた。

いつか、きっと、希望も何もないように見えるあの地にも、人々は足を踏み入れ生活を築く日が来るのだろう。

今は誰も信じてはくれないだろうけど、これは神様が教えてくれた真実だから。

「では、あなたたちを元の場所に戻します。そうですね、あれから五分ほど後の時間に戻すことにしましょう」

「おお！　時間操作とは神様っぽいです！」

「正真正銘の神様だからな」

「分かってますけど！」

「ふふっ。お二人と話すのは本当に楽しかったです。これで最後なのは残念ですが、成人の儀は是非いらしてくださいね」

「もちろんです。欲しいスキルを考えておきます」

「女神様、成人の儀だけじゃなくても、教会に来ていいですか？　見てくださっているとは思うんですけど、色々報告しに来たいです」

「ええ。ええ、是非！　来てくれたら嬉《うれ》しいわ！」

眩《まばゆ》いほどの笑顔を浮かべる女神に、イーズもハルも嬉しくて顔を見合わせてニコニコと笑う。それから軽く頷いて、女神と向き合い二人揃《そろ》ってお辞儀をする。

「では……本当に、この世界に喚んでくれてありがとうございました」

「ありがとうございました！」

「私からも、この世界を受け入れてくれてありがとう。あなたたちの、この世界での道が、幸福と喜びに満ち溢れたものとなりますように。たとえ道筋が途絶え、困難が立《た》ち塞《ふさ》がろうとも、互いに支え合って乗り越えていくことができるよう願っています」

女神は厳かに告げ、おもむろに両手を天に向けて広げた。

「ハルさん、イーズさん、あなたたちの歩む先に、この世界ディオセルネの神、ノルケレシアの加護と祝福を！」

その言葉と共に、虹色《にじいろ》に輝く暖かな光が二人を包み、徐々に強くなっていく。そして最後には、二人の輪郭さえも見えないほどの眩さとなり、空間全体を染め上げた。

一瞬の後、光が消えた後の空間には、誰の姿もなかった。

視界を覆う白く輝く光が収まった後、ゆっくりと目を開けると、二人は女神が言った通り元の神殿の祈りの間に戻っていた。

「さて、次に来るのは一週間後の成人の儀だな」

「女神様も良いスキルくれるって約束してくれましたし、これは真剣に悩まないとですね」

「だな」

神父にお礼を言って教会から出た後、二人は宿に向かう道を並んで歩く。あと少しで夕食の時間だけど、女神との濃厚な会話で二人ともゲップが出そうなくらいお腹《なか》いっぱいである。そこで宿までの間に、何か軽いものだけつまんで済ますことにした。

「異世界の屋台と言ったら、やっぱり串焼《くしや》きですね」

「王都では普通の動物の肉だけど、ダンジョンが近いと魔獣の肉らしい。ただ、種類によっては当たり外れがあるらしいから、下調べしておかないとな」

「こちらに来ても口コミチェックとはバイヤーの血が騒ぐんですかね。もしくはシャチク。はっ！そのうち〝俺の血が騒いでいる〟とか言い出す……」

「黙りなさい」

「ハイ。それにしても……女神様が、正月に見る大黒さんと、デラックスな人と、ディザスターなオークさんが合体して三倍になって、お尻《しり》からヘリウムガスを入れた感じの方とは思いもしませんでした」

「ゲブッ、ごっふぅ、ゲホッゲホッ！」

突然のイーズの発言に、ハルは食べていた串焼きを喉《のど》に詰まらせて盛大に咳《せ》き込む。

「やっぱり、どこの世界でも先入観というのはいけませんね。喚ばれた後に最初に言われたセリフもなかなかにショックでしたが、女神様を見てしばらく思考が停止しました。あの場で平然と話を続けられたハルに脱帽です。やっぱり大人としての経験があると違いますね」

「ケホケホケホッ」

「大丈夫ですか、ハル？　いくら肉食でも詰め込みすぎは良くないです。串焼きは食べ方によってはとても危険なんですから」

「イーズ、少し、ゲホッ、黙りなさい。こほっ」

ハルは涙目でイーズを遮り、水をもらって一気に呷《あお》る。イーズは噴水の端に腰掛け、足をプラプラさせながらそんなハルの様子に目を細めた。

「本当は、まだ少し怖い気持ちはあるんです」

ハルの咳《せき》が落ち着いた頃、夕日に照らされて煌《きら》めく噴水の水飛沫《みずしぶき》を眺めながらイーズは呟《つぶや》く。

「あの階段を前にした時に、〝怖いな〟って、〝落ちちゃうかも〟って感じたことを思い出して……本当に落ちてたら痛かっただろうな、とか」

イーズの横顔にも夕焼けの色が重なり、瞳《ひとみ》の影がより一層濃くなる。ハルはイーズを遮ることな

く、その横顔を静かに見つめた。その瞬間、

「でも！」

ばっと勢いをつけてこちらに首を回したイーズに、ハルは思わずのけぞる。

「生きていますから！　二人とも！　いいじゃないですか！　二人どっちが欠けても死んでいたなんて、なんてロマン！　神様お墨付きです！」

「……何のお墨付きだよ」

「さあ？」

コテン、とやる人によってはイラッとさせられそうなあざとい仕草でイーズは首を傾《かし》げる。そんなイーズに呆《あき》れてため息をつきながら、ハルはポンポンとその頭を撫《な》でた。撫でられたイーズは猫のように目を細め、クフフッと少し不気味な笑いを漏らす。

「さ、宿に戻るぞ」

「はい。次回はあちらのカボチャもどきの揚げ物に挑戦しましょう」

「あれはカボチャじゃなくて、ラフレシア級にでかいキノコらしいぞ」

「なんと！」

何はともあれ、二人はこの世界で生きていくしかないのは確定してしまった。

まだまだ王都でやらなきゃいけないこともあるし、立ち止まってなどいられない。明日からも異世界生活は続くのだ。

次の日、二人はゆっくり朝を過ごし、宿を出て冒険者ギルドに向かった。

二人とも冒険者ギルドに登録できるのはすでに確認してあるので、実際の手続きと戦闘スキルに関して何か良い情報がないか探るためだ。

「一般の戦闘スキル、なかなかこれってのがないな。魔法スキルでいいのが見つかると嬉しいんだけど」

「ハルは肉体派より魔法系を目指すんですね。脳筋になってもらいたくないですけど、魔に魅入られるのも怖いです」

「なんだよ、魔に魅入られるって。魔法使い全員がそんな風になるような言い方すんな。いや、武闘家を丸っと脳筋扱いするのも何気に酷《ひど》いし」

「何気なくても酷いかもしれません。でも、あくまで、〝ハルが〟の話で、全体を指してはいませんん」

「余計酷いわ！」

女神にお願いする戦闘スキルは魔法系にするということで二人の意見は一致している。近接戦になりがちな武術系スキルより、安全な距離を取れる魔法スキルが良いと考えたからだ。

ハルは自分が成長した姿を知っている。それはイーズほどではないにしてもこの世界では明らかに小柄で細身だ。日本ではやっていなかった戦闘訓練を積んで体を鍛えても、力比べになったら負けてしまう可能性が高い。

また、二人とも口には出していないが、近接戦で実際に相手――獣であれ、人であれ――を傷つける感触が残るより、遠距離から魔法スキルで処理した方が精神負担が少ないだろうとも考えた。いつか覚悟しなければいけない問題ではあるが、スキル選びの時点でリスクを背負うことはない。

尚《なお》、イーズのスキルについては、ハルがもらうスキルの使い勝手や相性、旅の経験などをもとにゆっくり考えることにした。ハルとしては戦うのは自分だけで、イーズには補助スキルや回復スキルなどの非戦闘スキルを選んでほしいと思っている。だが、イーズはハルにだけ戦わせるのは嫌だと言って聞かない。これに関してはお互い平行線なので、成人の儀までに話し合っていく必要があるだろう。

（成人の儀の時に願っちゃえばこっちのもんだもんね！）

（成人の儀の時に本人が願えばどうしようもないことだけど）

どっちの要望が通るかは、まさに神のみぞ知る、というやつである。


「では、こちらがハルさん、こちらがイーズさんの冒険者登録証となります。大切に持ち歩くようにしてください」

冒険者登録は拍子抜けするほどあっという間に、なんのテンプレイベントもなく終わった。とは言っても、二人ともまだ冒険者見習いの扱いである。

まず、冒険者には十二歳から登録が可能だ。しかし、成人の十五歳までは見習いより二つ上のランクの依頼までしか受けることができず、都市をまたぐ依頼を受けることもできない。現在のイーズの状態がここに当たる。

ハルは登録直後なので見習い扱いではあるが、半年以内に一定数の依頼をこなせば、最低のF級に上がることができる。

F級の上は、E級、D級、C級、B級、A級である。S級もあるようだが、それこそ〝災害級〟の力を持った――どこかで聞いた表現だ――冒険者でないとなれないと言われている。ちなみにD級まで試験はなく、依頼実績で上がることができる。それより上のC級からは、実績に加えて試験やギルド幹部の推薦が必要になる。

「まだまだ先のことだと思いますが、是非C級目指して頑張ってくださいね」

「お姉さんお姉さん！　C級はすぐなれる？」

「イーズ君、いっぱい依頼をこなして、頑張って周りに認めてもらえば、そうですね、五年くらいでなれると思いますよ。慎重にゆっくり依頼をする方でも十年はかからないかと」

「うーん、五年かぁ、まだまだ先だね。いーっぱい頑張らないとだね！」

「くれぐれも無理はしないことよ。でもC級を目指す人は多いわ。人数が多いのもC級ね。C級は安定して活動している冒険者がほとんどよ」

「なるほど、勉強になります。失礼ですが、いくつか質問をしても？」

「はい、どうぞ。登録だけで話を聞かない方が多い中、お二人はとても真面目《まじめ》で熱心ですね。是非そんな方に長く冒険者を続けてもらいたいものです」

「ありがとうございます。頑張ります。ではまず――」

その日、ハルとイーズ二人がかりで受付嬢をたらし込んだ甲斐《かい》はあり、多岐にわたる情報を得ることができた。

冒険者が持っているスキルで攻撃力の高いものの情報や、王都の美味《おい》しいスイーツカフェの場所、商人ギルド副ギルド長のカツラ疑惑まで——残念なことに、情報量と質は比例しないものである。

「沢山情報は取れたけど、あの受付嬢はなかなか手強《てごわ》いな」

「交渉スキル持ちですか？」

「どちらかと言えば、耐性スキルのような気がしたな」

「交渉スキルへの耐性？」

「そうではなく、スキルが引き起こす現象の威力を弱めるスキルかも」

「ほう！　そうなると隠密で隠れても見つかりやすくなるとかです？」

「その可能性は高い。本当にスキルが色々ありすぎて困るよ」

「ラノベで〝よくこんなスキル考えついたな〟とか、〝こんなスキルあるわけない！〟ってのが、実際に出てきそうですね」

「覚悟しとくよ」

冒険者ギルドを出た二人は軽く昼を済ませ、次は滞在している宿近くの商店街に足を進める。

無事冒険者に登録できたので必要な装備を買うためだ。とは言え、まだ見習いな上に成人年齢前後の二人に高額な装備は買えない。そうなると旅の間にも使えそうな服などがメインとなる。

ちなみに、王城で頂いた服は下町で過ごすには綺麗《きれい》すぎて、どうも貴族や金持ちの隠し子と思われているようである。

それに便乗してハルが考えた二人の追加設定は、「母親が亡くなったため、住んでいた家や家具を売り払い、タジェリア王国にある商店に勤める父親に会いに、二人で旅の準備を進めている」というものである。こうすれば周りは死んだ母親のことや、複雑な事情がありそうな父親のことなど細かく聞いてこないだろうし、旅をする理由にもなる。

ハルは今すぐにでも詐欺師になれそうだ、と思ったのは内緒である。バレバレな気もするが。

さて、そんな雑設定でも信じてくれる人はいて、二人に様々なアドバイスをくれる。

親しくなった服屋の女性は、ハルとイーズに合うサイズの服をカウンターに並べて告げた。

「旅の間は質が落ちても動きやすい服がいいわよ。これから季節も変わるし秋冬の服と外套《がいとう》があるといいわ。ハル君はそのままでいけそうね。イーズ君は……子供用を詰める？」

「こ、子供用を、さらに、詰める？」

悪意のない言葉にイーズは口元を引《ひ》き攣《つ》らせる。その後ろでハルは顔を逸《そ》らして笑いを堪《こら》えた。

次に訪れた鍛冶屋《かじや》では、壮年の鍛冶師が冒険者登録をしたばかりの子供でも扱えるような採取ナイフや解体ナイフ、筋力がなくてもある程度振れるという細身の剣を並べて言う。

「長距離用の旅に使う乗合馬車には、大概冒険者や商会で雇った護衛が乗るはずだ。ガキのお前らが前線に出るときゃ、そいつらが全滅した後だ」

怖い情報と共に、外套の下に着込める胸当てを二人の体格に合うように調節してくれる。

「おめー、チビだな。ほっせえし。絶対前衛職にはなるなよ。後ろが全滅しちまう」

「にいちゃぁぁぁぁん！」

作業の手を止めることなく忠告をする職人。その心遣いに感謝はするがストレートすぎる。

本日二度目のクリティカルヒットをくらい、イーズは涙目でハルの腕をがくがくと揺さぶる。その頭を撫でてなだめながら、ハルは笑いを堪えきれずに口元を歪《ゆが》めた。

そんな帰り道に立ち寄った八百屋《やおや》で、店の親父《おやじ》が旬の果物をいくつかイーズの手に押し付けた。目を瞬かせるイーズに、親父がやたらと綺麗に揃《そろ》った歯を見せてにかりと笑う。

「何しょげてんだ、イーズ坊。美味《うま》い果物食って、元気出せ」

イーズは手の上に転がる甘い果物と親父の顔を交互に見た後、はにかんだ笑みを浮かべて頷《うなず》く。

すると親父が目尻《めじり》をだらしなく下げて、さらに二つ、甘い匂いのする果物を載せた。

「おっちゃん、ありがとう！」

そのやり取りを横で聞きながら、ハルはイーズに人たらしの才能を見たのだった。


さて、この数日で旅の準備は完了だ。

マジックバッグ偽装用の背負袋にも、見た目的には大きいが軽いものを詰めた。実際には中から物を取り出すふりして、手にはめたバングルや指輪から出す予定だ。何回かお互い練習し、演技もバッチリ確認済みである。

乗合馬車も無事、二日後の北行きの便を予約することができた。王都から北への便は頻繁に出ているが、利用者も多く人気がある。数日以内に二人分の空きがあったのはラッキーだった。

そうなると残すはハルの成人の儀だけである。

「では、第十一回スキル選定会議を始めます」

厳かな声で挨拶《あいさつ》するハルに、パチパチパチパチとイーズは拍手を送る。

「ごほん。まず、これまでの話し合いで、火魔法ならびに水魔法、土魔法は候補より除外されております。また、今回は攻撃魔法が必要となりますので、各種補助魔法や光魔法も除外しております」

「ちょっと残念ですね。消炭作ったり、土人形作ったり、氷棺作ったりするハルも見てみたかったです」

「そんなものは作りません。では、残りの候補は風魔法と闇魔法……イーズさん、なぜそんなにキラキラしているんでしょう？」

「闇魔法！　ハルにピッタリ！　厨二《ちゅうに》っぽいです！」

「厨二じゃねぇ！」

「でも、風と闇ですよ？　似合ってるのは絶対闇だと思います」

「似合う似合わない、ではなくスキルの内容も判断材料に入れるべきです。理由付けが甘い！」

「む」

最初の会議中、火魔法で敵が焼けた時の臭いを想像したイーズが蒼白《そうはく》となり、ハルが早々に却下を決めた。土魔法は拠点構築や後衛のガードに有効そうだが、戦闘時にやはりスプラッタを見そうということで、これも却下となった。

水魔法は実はハル的イチオシで、最後まで候補に残っていたが、前回の第十回会議であえなく却下となった。理由はイーズの「水はマジックバッグに入れておけばいい」という、戦闘とは全く関係ないセリフにノックアウトされたからである。でもまだ水魔法への憧《あこが》れがたち消えたわけではない。厨二病とは罹患《りかん》すると治すのが難しい病なのである。

ちなみに風魔法もクビチョンパしたら盛大に血飛沫《ちしぶき》が上がりそうなのだが、それを言うと闇魔法一択になるため、ハルは賢明にも口をつぐむことに決めた。

「んー、もうさ、女神様に委ねちゃう？」

「え？　そんなのありなんです？」

「だって、この世界の人はみんな女神様が〝コレ〟って思ったスキルを授かってるわけでしょ。こっちから欲しいの言うよりさ、なんかそっちの方が後々上手《うま》くいきそうな気がしてきた」

「え〜、せっかくの選ぶ権利なんですよ。存分に使っちゃえばいいのに」

「イーズの時はそれでいいんじゃない？」

「あ、さては、考えるの面倒になったんだ」

「そ、そんなことはナイデスヨ」

「図星じゃん」

とりあえず候補は風魔法と闇魔法、そしてハル的イチオシ水魔法も敗者復活で加えておく。ハルもイーズも、女神がくれるスキルならどんなスキルでも、自分たちに役立つものだろうと信じている。

だから、明日、女神に会いに行こう。二人に女神の声は聞こえなくても、二人の声は、女神には絶対に届くと知っているから。


「神父様！　おはようございます！」

「おや、おはようございます。君はこの前お祈りに来てくれた子だね。今日もお祈りかな？」

「今日はね、兄ちゃんの成人の儀を受けに来ました！」

「なんと。無事にお金が貯《た》まりましたか？」

「神父様、おはようございます。朝早くからすみません。昨日喜捨代が貯まったって言ったら、こいつが興奮して早く行こうって聞かなくて」

「そんなことはよろしいんですよ。教会はいつ何時でも皆様のために門戸を開いていますから。では、成人の儀の間にお連れしましょう。弟さんはどちらで待たれますか？」

「そこには、こいつは入れないんですよね？」

「申し訳ありませんが、儀を受ける方のみとなっています」

「兄ちゃん、大丈夫だよ。祈りの間でお祈りして待ってる。あ、でも兄ちゃんにスキルをあげてる時に、ボクが横でゴチャゴチャ言ったら女神様失敗しちゃわないかな？　女神様の邪魔にならないように、静かにしてた方がいいかな？」

「お優しいんですね。大丈夫です。女神様はこの大地に住む全員を見ておられる御方です。いっぺんに何人もの声を聞くことも、スキルを授けることも可能ですよ。気にしないでお祈りしてください」

「そうなの？　じゃ、安心だね。ボク、女神様にお祈りしてくるよ」

「他の人が来たら邪魔するんじゃないぞ」

「まっかせなさい」

「心配だな……」

「きっと女神様が見ていてくださいますよ。あなたはどうぞこちらへ」

「すみません。よろしくお願いします」

神父に連れられて奥へ入っていくハルの背中を見送り、イーズはこの一週間に何度か訪れた祈りの間に向かう。

前情報では儀式は十分もかからないと聞いている。そんなに待たされることはないだろうと考えながら、祈りの間の女神像の前に座る。

——何度見ても笑っちゃう。

美しく形造られた女神像を見つめ、あの日会った女神の姿を思い出し、イーズはふふふっと笑いながら祈りの姿勢を取る。何度か来ているから近況報告は特にない。今まさに執り行われているハルの成人の儀の成功と、明日からの旅路の安全を祈る。

そうやってしばらくすると、祈りの間に誰か近づいてくる気配がある。目をつむったまま感知スキルマップを見ると、思った通りハルだ。

振り向いて扉から神父と一緒に入ってくるハルを見れば、少し表情が硬い。

「神父様、ありがとうございました。もう一度ここで女神様にお礼をしてから、帰ろうと思います」

「はい。では、ここまでで。今日授かったスキルは女神様からの贈り物です。大切にしてください。お二人に、女神様のご加護があらんことを」

そう言って去っていく神父にハルは頭を下げてから、素早くイーズの方を振り返る。

「ハル、どうしたの？」

「イーズ、隠密張ってくれる？」

「ん、了解。張ったよ」

「音も防いでる？」

「バッチリ。で、何があったの？　スキルもらえなかった？」

「スキルはもらえた」

「良かった。何魔法？」

「風魔法」

「おお！」

「と」

「ん？」

「水魔法」

「え？」

「風魔法と水魔法の二つ」

「ええ？」

「しかも二つともレベルが∞」

「えええええ！」

　確かに、これは隠密案件である。

　ハルの話によれば、スキルを授かった際に、

『スキルの成長速度はこの世界と同じになると言ったけど、最初からマックスにしないとは言わなかったわよ〜。あと、欲しいスキルを一つしかあげないとも言ってないわ。だから二つあげるわね！』

　と言う女神の声が聞こえたという。

　あとで神父に聞いたら、人によっては成人の儀で女神の声を聞くことがあるらしい。となると、今回のハルの場合も神様の規則から逸脱していないケースなのだろう。ちなみに何が聞こえたか神父に聞かれたため、『おめでとう』を言われたとだけ伝えたが、それでも神父はいたく感動して涙を流したらしい。

「確かに、一つだけとは聞いてないですけど……」

「ああ、言ってなかったな」

「でもいいんですか？」

「何が？」

「いや、レベル∞のスキル二つって……」

「この世界の女神様がいいって言ってるんだから、いいんじゃないかな。それに、もらっちゃったのを、返せるものでもないし。ここはありがたく頂いておこう」

「そ、そうだね」

そうして二人はもう一度女神にお礼を伝えるために祈ってから、朝から疲労感たっぷりの顔で宿に戻ったのだった。

そしてその夜、

「氷で小さな東京タワーを作るのは俺には無理そうだ」

とがっくり項垂《うなだ》れるハルがいたとかいなかったとか。なんにせよ、ハルの厨二街道は果てしなく伸び続けているようである。

◆◆◆

夏の暑さはとっくに過ぎて、秋の気配が濃くなってきた。朝一番の便が出る馬車乗り場は少し肌寒い。イーズはちょっとだけ眠い目を擦《こす》りながら、部活のバックパックと同じくらい大きな背負袋を担ぎ、窓口でお金を払っているハルを待つ。

「お？　荷物に足が生えてる？　新種の魔獣か？」

ぼーっとしていたら後ろからウガイをする時より酷《ひど》い、ガラガラな声が聞こえた。

――魔獣が近くに？

キョロキョロと周りを見回していると、同じような格好で大きな荷物を背負ったハルが受付から戻ってくる。しかしその顔に堪《こら》えきれない笑いを浮かべている。

「これは魔獣じゃなくって、俺の弟ですよ」

「ぬ？」

「え？　はっ！　まさか！　ボクのこと⁉」

「お、荷物魔獣が喋《しゃべ》った」

「お、おっさん、失礼だな！　どう見ても人間！」

「いや、後ろから見たら荷物から足が、こうニョキッと生えてるようにしか見えないぞ」

「失礼！　非常に失礼！」

イーズが振り向くと、そこには百九十センチはあるおっさんが立っていた。簡易の革鎧《よろい》を着込み、腰には大ぶりの剣を下げている。イーズはほぼ直角に首を上げておっさんを睨《にら》み、文字通り地団駄を踏む。ハルはそんなイーズの頭をガシッと掴《つか》んで止めた。

「こらこら、イーズ。そんなに興奮しない。朝からうるさいだろ。それに多分この人は馬車の護衛の方だよ」

「でも兄ちゃん、ゴエーだったら客に優しくするべきだ！」

「いや、他にも客がいるから、もし魔獣が乗ろうとしてたら止めねえとな」

「うあああ！」

どうやらこのおっさん、これから五日間一緒に旅をする護衛らしい。感知スキルの地図表示は青いが、イーズにとっては確実に敵だ。

「イーズ、受付で水魔法が使えるって言ったら少し割り引いてもらえたよ。次の町でも馬車に乗る前に確かめるようにしよう」

「了解、兄ちゃん」

「おお、坊主は水魔法使いか。こりゃラッキーだな。頼りにしてるぜ」

「おっさんまだいたの？」

「出発まですることねえしな」

無精髭《ぶしょうひげ》をザリザリ擦りながらおっさんは言う。イーズはフーンと興味なさげに鼻で返事をし、彼の使い込まれた剣に視線を向ける。

「おっさんは冒険者？」

「いや、この乗合馬車を運営してる組合の雇われだな」

「旅は危険？」

「今回のルートは安全だぞ。ルートによっては護衛が五、六人つくが、今回のは二人だけってのがいい証拠だ」

「そのうちの一人がおっさんってことだけが心配だね」

「おめー、チビのくせになかなかの物言いだな」

「チビ違うし！」

このおっさん、名前をフィーダと言う。ガラガラ声なくせになんか可愛《かわい》い名前だ。王都から北へのルートを担当してすでに十年以上のベテランだとか。甚だ怪しいが。

乗合馬車のルートは最終目的地が同じでも、乗客の降りたい街、天候や街道の状態、さらに魔獣

や野獣の繁殖場所、繁殖季節で常に変えているという。ここから北の国境までは二回の乗り継ぎを挟み、移動自体は五日、四日、そして八日の合計十七日となる。ただ乗り継ぎが上手《うま》くいかない場合、途中の町で数日足止めされ最長で一ヶ月かかることもあるらしい。

「移動だけだと二週間半くらい？　思ったより他の国に王都が近い感じする」

「ほら、一級ダンジョン氾濫《はんらん》でそこにあった国がなくなっただろ。あれで王都をなるべく一級ダンジョンから離れた場所に移したらしい」

「坊主、よく知ってんな。じゃ、これも聞いたか？　近く氾濫が予想されるこの国の一級ダンジョンに挑むため、賢者様が四人喚《よ》ばれたっていう話」

「賢者？　勇者じゃないの？」

フィーダの話に聞きなれない言葉が出てきて、イーズは首を傾《かし》げる。

「どっちでも呼ばれるぞ。ダンジョン攻略までは勇者で、それ以降は賢者って呼ばれることが多いけどな」

「同じ人が両方の呼ばれ方をするってことですか？」

「そうそう。はるか昔から勇者たちはダンジョンに挑んで戦い、そしてその知恵でこの国や大陸を発展させてきた賢者でもある。この乗合馬車を考案したのは〝流動〟の賢者だな。手紙の早便とかも生み出してる。あとは……〝慈愛〟、〝海航〟、〝食〟、〝業火〟、〝立法〟、〝豊穣《ほうじょう》〟、〝音〟なんて賢者もいたな。大きな都市の図書館に行けば、それぞれの賢者の偉業が編纂《へんさん》された賢者大全が読める」

何と、過去の異世界人、すでに色々知識チートをやらかしているらしい。だとするとハルが王城にいた時に気がついた暦や数字の概念が地球と酷似していたのも、知識チートの産物だった可能性が高い。しかし途中にあった〝業火〟は絶対知識チート組ではない気がする。

「それは……初めて知りました。沢山の賢者がいらしてたんですね。面白そうなので調べてみます」

「おうよ。百巻以上あって俺は全部読むのは諦《あきら》めたけどな。貴族様は全巻揃《そろ》えて名前を覚えるのがタシナミって言われてるらしいぜ」

「……貴族じゃなくて良かったです」

「同感。おっと、他が集まってきたから、俺はもう行くぜ。じゃ、水魔法期待してる。チビも、暇があったら構ってやるから、馬車ん中じゃ大人しくしとけよ」

そう言ってフィーダは御者ともう一人の護衛らしき人たちのもとへと去っていった。

「……お披露目がされたみたいですね」

声を潜め、眉《まゆ》を寄せて真剣な表情で呟《つぶや》くイーズ。先ほどの雰囲気とのギャップにハルは苦笑する。

「そうだな。王城ではだいぶ前にされていただろうから、一般へ情報が降りてくるのにしばらくかかったのかもしれない」

「その可能性はありますね。それで？　読むんですか、賢者大全」

「痛いチートとかやらかしてそうで、なんか嫌な予感がするな。でも、一般教養的な部分もあるかもしれないし、今後の旅で役に立つかもしれない。どっかで機会があったら読もう。イーズもだぞ」

「えー、百巻以上って言ってましたよ。長寿漫画並みですよ。しかも活字」

「仕方ないだろ。でももしかしたら、〝食〟の賢者なんかは和食チートしてるかもしれないし、農業系の賢者がいたらどこかで地球と似たような作物を育てているかもしれない。美味《うま》いものが食べられる場所が見つかるかもしないぞ」

「それは是非ゲットして読み込まねばいけませんね」

「食べ物に関連してそうな賢者だけ読みそうだな」

「そうでもありませんよ。〝業火〟なんて絶対イタイ厨二《ちゆうに》をやらかしてそうじゃないですか。読んだら大笑いできそうな気がします」

「黒歴史が永遠に残されて、他人に読まれるのも問題だな……」

過去の勇者及び賢者たちに少し同情を覚えつつ、今回喚ばれた高校生四人組は何という二つ名が付けられるだろうか予想し合う。王城で訓練しているのを見た感じでは、男子高生は剣士と火魔法使い、女子高生は風魔法使いと補助魔法使いに見えた。観察していた時に、こちらの気配に敏感だったのは補助魔法使いの方だろう。

大笑いしながら厨二全開の二つ名を付け合っていると、出発の時間が近づきフィーダに馬車に乗るよう促される。

「じゃ、お世話になります」

「オセワニナリマス」

「おうよ！　旅の安全は任せとけ」

最初の街に向け、満員の馬車が軋《きし》みを上げながらゆっくりと動き出す。

朝の満員電車よりは良いが、商業ビルのエレベーターに乗り合わせた他人のような距離感。知っているような知らない雰囲気に少し緊張しながら、イーズは小さな窓の外、歩くスピードと同じくらいの速さで流れる景色を見つめる。

「やっとだな」

車内の静寂を壊さない、それでいて車輪の喧騒《けんそう》に負けない声量で、ハルがポツリと呟く。

「うん、やっとだね」

イーズも視線を窓から外すことなく、ハルに返す。

やっと王都を脱出できる。あと一月もすれば、この国から出ることができる。

それまでは安心して旅を楽しめないかもしれない。

でもついに始まった異世界旅行に、自然とイーズの胸は高鳴る。

隣でも、ハルが嬉《うれ》しそうに流れる王都の街並みを見つめている。


——女神様、行ってきます。


イーズは心の中で女神に挨拶《あいさつ》を送る。

ふと閉じた瞼《まぶた》の裏、あの広い空間で微笑《ほほえ》む女神の姿を見たような気がした。

Side Story 2：不思議を見た人々

◆王城東門警備衛兵の話

「おい、なぁ、今日の朝すげえ突風が吹いたけど、お前あの時どこにいた？　なんだ、西の方かよ。違う違う、ただの風なんかじゃなかったんだよ。ほら、最近鍛錬場に悪鬼が出て暴れ回って爆風を起こすっていう噂《うわさ》、お前も聞いたことあるだろ？　今日の風は絶対悪鬼だった。だから、どうでも良くないんだって。俺は見たんだ！　何って、悪鬼だよ！　あれは絶対そうだった！

あの突風が吹いて、辺りに小石やら砂やらが飛びまくってよ。んで、思わず目をつむって、開いたら……砂で真っ白になった道の先に、背中にコブをつけた腰の曲がった小さなゴブリンみたいな悪鬼の姿が！

見間違いなんかじゃねぇって。

だがよ、あいつは王城を出た。明日からは鍛錬場には悪鬼は出なくなるぜ、賭《か》けてもいい。

おう、絶対だ。もし出たら飯でも酒でも奢《おご》ってやらぁ！」

「うーん、隠密と瞬足を一緒に発動するとスピードの安定感が失われます。どうしても衝撃波が出てしまいます」

「それより、俺を背中に乗せる以外他にないの？」

「今のところ、それが一番安定するんですよね。なんでそんなに嫌がるんです？　無事に王城を出られたじゃないですか」

「だって、自分よりはるかにちっちゃいちびっ子の背中におぶさるのはなぁ……」

「ちっちゃいチビ！　意味重ねてきた！」

「これは俺もどうにか身体強化系のスキルを身につけた方がいいのか……」

「うぉい！」

◆王都冒険者ギルド受付嬢の話

「ねえ、明日受付代わってくれない？　え？　大量納品の検品？　……そう、じゃ、仕方ないわね。

うーん、でも明日は来ないかもしれないし。受付に出ても大丈夫かしら。

誰って、今日来て登録してった子たちよ。二人兄弟の。

そうそう、すごくキチンとしたお兄さんと、幼い弟さん。

え？　あ、そうなのよ。弟さん、もう十二歳超えてたらしくて、実は十四歳なんですって。でしょう！　私もそう思ったのよ。思わずあと二年は我慢してねって言いそうになって。登録システムの判定に引っ掛からなかったから、本人の申告通り十四歳なんだろうけど、あれには驚いたわ。

で、あのお兄さん、多分話術とか交渉関係のスキル持ってるわ。〝弱体化〟スキル持ってる私でも、あの子と話してるとどんどん情報取られて……危うく商人ギルド長の女装趣味まで喋《しゃべ》っちゃいそうになったもの。

それにね、弟さんが一瞬ものすごく怖かったのよ！　あまりにもお兄さんがどんどん機密スレスレの話題を振るから、思わず不信感を持った時にね、弟さんの雰囲気がガラリと変わって……A級アサシン職についてる人みたいな感じになったのよ。こう……目の奥が笑っていないというか。

それで明日は受付に出たくなかったんだけど、仕方ないわね。流石《さすが》に明日も来たりはしないでしょうし。それじゃ、お疲れ様！」

「なかなかいい情報が集まったな。あの受付嬢は優秀だったみたいだ。そういえば、途中で何かスキル発動させた？」

「あー、感知スキルの方ですね。あの受付嬢、何かしらの不信感持ったみたいで、地図上のアイコンが点滅してたんですよ」

「なるほどね、質問しすぎたか。どうする？　明日スキル一覧がないか確かめに行こうと思ってたけど、別の受付に入るか？」

「どうでしょう。不信感持たれたのに避けたら、さらに何か疑われませんか？」

「確かに。それじゃ、明日もあの人にしよう」

◆王都南東部商店街裁縫店の娘の話

「ね、最近角の宿に泊まってる兄弟のこと聞いた？

あら、知らないの？　成人の儀を受けたばっかりのお兄ちゃんと、ちっちゃくて可愛《かわい》い弟君。そうそう、その子たち。何よ、あなたのとこの青果店にも行ってるんじゃない。

え？　弟君、ズズブの実が好きなのね。あれは甘くて美味《おい》しいものね。お兄ちゃんにおねだりしてた？　可愛い～！　私も見たかった！

あ、でね。その二人、すごいのよ！　ほら、昨日雑貨店のとこのお婆《ばあ》ちゃん、引ったくりにあったでしょ。その犯人を捕まえたのがあの二人なのよ！

そうそう、もうびっくり。お兄ちゃんの方ったらね、その日の朝に成人の儀を受けたばかりらしいのに、ものすごい威力の水魔法を犯人に叩《たた》きつけてて。あの威力、A級の冒険者って言われても納得しちゃうくらいだったのよ。魔法ぶつけられた瞬間、犯人がものすっごい勢いで吹っ飛んでたもの。人って水の威力で空飛べちゃうのね。

え、それで弟君の方はどうだったかって？　それが、私が見たのは幻だって父さんが言うのよ。何がって？　でも、私も自分で見たものが今も信じられないもの。だから……消えたのよ、あの子。嘘じゃないわよ。引ったくりがお婆ちゃんを突き飛ばして逃げるのを見た瞬間、弟君が視界から消えたのよ。それで気がついたら、明らかに追いつける距離にいなかったはずなのに引ったくりのとこにいて。で、弟君と引ったくりが揉《も》み合ってるうちに、お兄ちゃんが水魔法ドッカーン。あの兄弟、勇者とか賢者とか大魔法使いの血筋なのかもしれないわ。きっとそのうちすごい有名な冒険者になるわよ」


「今日はいいことをしました」

「いいことって、考えなしに突っ込みすぎ。こっちは揉み合ってるの見た時、心臓止まるかと思ったんだから」

「それは、申し訳ないです。追いつけると思ったので……でも訓練のおかげか、街中でも衝撃波を出さずに走れました」

「それは良かったな」

「でもハルの水魔法もすごかったですね。犯人、フライボード乗ってるみたいに吹っ飛んでましたよ」

「あー、あれは俺もビビった。練習しないと全開でぶっ放すのは危険だな」

「そうですね」

Side Story 3：不思議を探求

「寒い」

イーズは呟《つぶや》き、掛け布団を口元まで引き寄せる。下町のほどほどな宿の薄い布団では寒さをやわらげることはできず、イーズは膝《ひざ》を抱えて猫のように小さく丸くなった。

今は九月下旬。普通ならば朝からこんなに寒いわけがない。犯人は言わずもがな、成人の儀以降夜な夜な暗黒魔法研究を繰り返している人物――ハルだ。

「ううう、あの厨二《ちゆうに》め！」

寒さに我慢しきれず悪態をつきながら勢いよく起き上がったイーズは、目に入った光景に唖然《あぜん》とする。分厚い曇りガラスから入る光に照らされ、部屋中に所狭しと置かれた器に盛られた氷の塊がキラキラと輝く。美しく、そして異様。

これほどの氷があればクーラーもいらないだろう。いや、クーラーを通り越して冷凍庫だ。

「ハル？　いないんです？」

両腕をさすりながら感知マップを展開すれば、宿の一階に逃亡犯の位置を示す青い点を見つける。

イーズはすぐさまベッドから飛び降り、大急ぎでパジャマから外出用の服に着替え始める。下町で手に入れたやや粗い生地の服はゴワゴワチクチクしていて、古着なのに新しい着心地だ。

——コンコン
最後に革のブーツに足を通して立ち上がったところで部屋の扉がノックされた。再度マップで相手がハルだと確認してからイーズは扉に向かって応える。

「入ってまーす」

「トイレか！」

ハルがツッコミを入れて扉を豪快に開けて入ってくる。直後、ブルリと大きく体を震わせた。

「うっわ、寒っ！」

「誰のせいだと思ってるんですか」

「俺だね、俺。ごめん、片づけておくべきだった」

まるで詐欺師グループのような発言をして、ハルは氷の入った器をマジックバッグに次々としまっていく。全部片づけられて部屋がすっきりした後も、一度冷えた空気はすぐには温まらない。

「寒くて起きちゃいました。早く外に出たいです」

「申し訳ございません。おかみさんに朝食に温かいスープをつけてって頼んでおいたから。自家製ソーセージ入りで。あとは旬の果物のジャムも」

「仕方がありませんね。許しましょう」

こういう気遣いをさらりとできてしまうところが憎めない。イーズはベッド横の窓を開けて外気を取り入れ、冷え切った空気を外に追い出した。

借りている三階の部屋から一階の食堂に降りれば、宿のおかみさんがイーズを見てニカリと笑う。

「イーズ君、お腹《なか》出して寝て冷えちゃったんだって？　スープ飲んで、体温めなさいね！」

「……うわあ！　嬉《うれ》しいなあ！　ありがとう！」

おかみさんのセリフにイーズは数秒いったい何のことかと疑問を浮かべる。そしてすぐに意味を悟って、光のない瞳《ひとみ》で無理矢理笑顔を作った。

前言撤回。ハル、許すまじ。

ギロリと下からハルを睨《にら》みつけると、ハルはそっと視線を逸《そ》らす。どうやら余罪がありそうな顔つきだ。これは是非問い詰めなくてはとイーズは鼻息を飛ばして気合を入れた。


食堂の席につき、イーズはぶらぶらと足を揺らしながら頬杖《ほおづえ》をついて口の端を曲げる。

「それで？　何があったんです？」

「あー、んんっと、まあ、なんと言いますか」

「さっさとゲロゲロしてしまった方が、罪は軽くなりますよ」

「そういうのを食事前に言うのは良くないと思うな」

「問題ありません。お腹出して寝ていたわけではないので食欲はあります」

「うわあ、痛い」

胸を押さえるハルを白けた目で見て、イーズは運ばれてきたスープに早速手を伸ばす。体が冷えているのは本当で、さっさと中から温まりたい。

夏野菜がたっぷり入ったスープは優しい味付けで、すんなりと体に染み渡っていく。

「あー、温かい。美味しいです。指先まで冷え切った体が温まりますねえ」

「つくづく申し訳ない」

両膝《りょうひざ》に手をついて頭を下げるハル。その後頭部を二秒ほど見つめてから、イーズは長い息を吐き出した。ここら辺が妥協点だ。

「いいです。許しましょう。心の広いイーズ様に感謝するように」

「ははあ！　まことにあり難き幸せ」

ハルの大げさな返しにイーズはスプーンを口に突っ込んだままクスッと小さく笑う。ハルも口元に笑みを浮かべて、朝食のパンに手を伸ばしつつゲロ、いや、自白しようとして再び口ごもった。

「あー、謝らなきゃいけない件は、部屋に戻ってからにする」

「ますます怪しいですね」

不機嫌な猫のように目を細め、イーズは大きく口を開けてバゲットにかじりつく。ガリゴリとパンを咀嚼《そしゃく》するにはやや豪快な音が響いた。

ともすれば口の中をずたずたにしそうなほど硬いパンのおかげで、顎《あご》に力がついてきている気がする。鍛えた力はきっとどこかで役に立つに違いない。例えばマンガ肉の魔獣肉バージョンにかじりつく時とか。未来のため何事も鍛練が肝心だ。これは修業だと思えば美味しさも増す。

「それで、魔法について何か進展は？」

あれだけ大量の氷を作って何も成果がないということはないだろう。そう思って視線を向けると、ハルはニンマリと口を左右に釣り上げて不気味な笑いを浮かべる。

「それはもちろん」

そう言ってハルはやたら厳かにスプーンをそっと置いた。続いてその手が前に伸び、一本の指が立てられる。これは長くなりそうな予感。

「まず一つ目に、俺が師匠の境地に達するのはまだまだ早いということだ」

いったい何を言い出すのか。イーズはジャムの小瓶に手を伸ばしつつ、視線だけで続きを促す。

「魔法で氷を生成しつつ芸術的なオブジェを構成するなど！　やはり、師匠は素晴らしい！」

ダンッと両手をテーブルに叩きつけ、肩を震わせるハル。心の師匠、しかも創作物であるラノベの主人公への愛が重い。それでもってイーズにはハルの言いたいことがさっぱり分からない。

「もう少し人間にも分かる言葉でお願いします」

「酷《ひど》い。つまりは女神様に魔法のレベル∞をもらっても、不可能なことはあるということだ」

「レベルだけでなくて熟練度も上げていかないと全て実現するのは難しいんですね」

「そういうこと。師匠の住む世界じゃないっていうのも根本的な事実だけど、思い描くことが全て可能ではないみたい」

ハルは頷《うなず》き、今度は二本の指を立ててずいっとイーズの前に突き出した。

「んで、その二。一度出したものを途中で変形させるというのは無理そうってこと。師匠の足跡を追おうとして気づいた。飛ばすスピード、向き、大きさなら変えられると思うけど、例えば槍《やり》を刃《やいば》にするとかはできない。氷が溶けて水になったものをまた氷にするのはできたけど」

「発動した時の形が最終形態ってことですね」

「イグザクトリー」

「いぐ？」

「英語でその通りってこと」

「中二では習ってません。たぶん」

もしかしたら習ったかもしれないが、おそらく異世界に渡ってくる時に記憶の消失が起こったのだろう。非常に残念でならない。

「それはいいとして。んで、三番目」

ハルは指を三本立て、ワッキワッキとリズムよく曲げ伸ばしする。それを薄目で見つつ、イーズはパンにかじりついて口の端についたジャムを乱暴に親指で拭《ぬぐ》った。

「魔法の発動は、魔法スキルへの理解に加えて、想像力と科学が重要だ」

「真逆の要素に聞こえますけど？」

イーズの返答に、ハルはフフフッと唇を歪《いびつ》に曲げる。

「そこが師匠の素晴らしいところである。これまであまたのラノベで魔法とは想像力と主張されてきた。だが師匠はさらに一歩踏み込み、科学の知識を加えることで、より魔法の精度を高め、効率的で攻撃力の高い魔法発動を実現したのだ！」

まるで神を讃《たた》えるかのように両手を天に向けて目をつむるハル。どうやら成人の儀で魔法を授かってから病気が著しく進行したらしい。厨二病という名の治療法のない病が。

そしてハルの病はどうやら一度熱が高くなると冷めにくいようだ。ハルの熱弁は続く。

「そもそも、水魔法は便利であるがゆえに、長きにわたりないがしろにされてきた。常に脇役へと押しやられていたのだ。かの有名な月の代弁者の一人は素晴らしい水魔法を持ちながら、戦闘では補助に回っていて存在意義を果たせなかった。他にも子供向けアニメでも小説でも、主人公ではなく水魔法は常にサブキャラに徹して……」

オタク丸出しのトークを最後まで聞いていてはせっかくのスープが冷めてしまう。イーズはフォークを手にして、器の底に沈むソーセージにズプリと突き刺す。じっくり煮込まれて美味《おい》しい旨味《うまみ》を出し切った後でも美しい佇《たたず》まいに感動すら覚える。

「だが！　時代は変わった！」

突然、ハルは右手の親指から中指の三本を揃《そろ》え、びしっとイーズに向ける。

驚きと同時、噛《か》みちぎったソーセージの濃厚な肉の味がイーズの口の中に広がった。

「彗星《すいせい》のごとく現れた最高の水魔法の使い手であるお師匠様。そしてそれに続くかのように、鬼を追う少年が取り入れた呼吸法は水属性の存在を広く世に知らしめ……」

その後もハルの水魔法談義は、イーズが完全に朝食を食べ終わるまで続いたのだった。


普段よりも長くなった朝食を終え、二人は三階にある部屋に戻った。そこになってやっとイーズはハルが部屋に戻ったらイーズに謝ることがあったのを思い出す。

「で、なんだったんです？」

「げ、忘れてなかったんだ？」

「残念でした。忘れてません」

忘れることを期待していたとはなんともせこい。イーズが口を尖《とが》らせると、ハルはきまり悪そうに伸び始めた前髪をしきりに直して呟く。

「昨日さ、魔法の検証をしてたんだけど」

「正しくは毎日毎晩してますね」

「そこは突っ込まなくていいから。んで、ちょっと、氷とか水とか出しまくっちゃって」

「氷だらけでしたけど？」

朝起きた時、氷しかなかった気がしてイーズは首を傾《かし》げる。ハルはその言葉にビクリと体を跳ねさせた。ハルの視線がイーズの顔から左右にブレッブレにぶれる。

「う、うん。あの、水だとちょっとよろしくないことが起きて」

「つまり？」

「イーズの出してあった荷物を濡《ぬ》らしてしまいました」

「ほ？」

基本、イーズの荷物は全部マジックバッグの中なのだが、何か出しっぱなしにしていただろうか。首をひねるイーズの目の前で、ハルはそっと人差し指をある方向に伸ばす。

棚の上、ハルが出しただろうタオルの上に広げられたそれを見て、イーズは息を呑《の》んだ。

「絵本！」

商店街の本屋で見つけた、勇者がダンジョン内で魔獣と戦う様子を描いた子供向けの絵本。臨場感と迫力のある絵に惹《ひ》かれて買ったものだ。

イーズは駆け寄って本を手に取り、ページをめくって状態を確かめて眉《まゆ》を寄せる。

「あー、色が滲《にじ》んじゃっていますね。これは勇者がケルベロスっぽい魔獣と戦っているシーンだったんですけど、三匹の顔が繋《つな》がっちゃいました」

「ごめん。弁償する。今日もう一回買いに行く？」

「そうですね。ついでに他の『勇者と従者の大冒険』シリーズがないか探してみます」

パラパラとページをめくってダメージを確認した後、イーズはマジックバッグに本をしまう。

ハルは敷いてあったタオルを手に取りつつ、イーズの呟《つぶや》きに首を傾げた。

「その絵本、シリーズものなの？」

「買う時に、店主さんに同じ作者の本があるって聞きました。子供に読み聞かせて勇者やダンジョンとか魔物のことを教えるんだそうですよ」

ふんふんと相槌《あいづち》を打ちながらハルはわずかに眉を寄せる。子供に読み聞かせる絵本にしてはグロテスクな魔獣が多かった気がする。この世界ではデフォルメされた絵よりも実物に近い写実的な絵が好まれるのだろうか。だが教養の基礎を学ぶにはもってこいの教材だ。

「じゃ、今日の予定はまず本屋に行って、それから他を回ろう」

ハルの提案にイーズは顔をほころばせて大きく頷く。

ハルの成人の儀を終え、王都を出る日は近い。二度と訪れないかもしれない場所に思い残しがないように、忘れ物がないように。

「行きましょう！」

扉を勢いよく開き、外へ飛び出すイーズに続いてハルも部屋を出る。二人と入れ替わりに秋の風が吹き込んで、まだわずかに冷えた部屋を駆け抜けていった。

【第三章　王国脱出編】

馬車旅で水が必要な場面は多岐にわたる。

人間の飲み水はもちろん、料理や使った食器類を洗うのにも必要だ。さらに狭い空間に長時間いるため、お互いを不快にさせないようある程度自身を清潔に保つにも、水が必要となる。

当たり前だが、馬車旅に重要である馬たちにも休憩のたびに新鮮な飲み水は欠かせない。そんなわけで――

「ハル！　こっちだ！　馬の水こっちに出してくれ！」

「ハルくーん、スープ用に水頂戴《ちょうだい》？」

「あー、すまねえが、かかあに臭《くせ》えって言われてよ。あっちで水浴びたいんだが、水出してくれねえか」


――ハル、モテ期到来。


「モテてねぇ！」

「毎日大変ですね。相応の謝礼はもらってるとはいえ、ハルがマーライオンに見えてきました」

「口からは出してないぞ」

「いっそのこと、口から出してるふりしたら、皆さんから頼まれなくなるかもしれないですよ」

「そんなことをしたら、俺の何かが失われる気がする……」

「ドン引かれるのは間違いないですね」

旅が始まった初日は、フィーダに「成人の儀を受けたばかりで大量には出せないだろう」と言われ、彼の希望する必要最低限しか提供していなかった。

だが、やはり女神からの心がこもりまくった贈り物である。いつまでたっても魔力切れを起こさないハルに、フィーダの要求が増えていった。

それを見て他の乗客も少しずつ頼むようになり、もう二日目半ばも過ぎれば、ハルはやけっぱちで率先して可動式マーライオンと化している。


二日の間に一つの村に寄り、乗客を降ろした。明日明後日も別の町で乗客を乗せ、三日後には予定通りこの馬車の最終目的地ドゥカッテンに着く。

護衛の一人であるフィーダは流石《さすが》この道のベテラン。乗客の様子に気を配り、ペアの護衛を指導し、そして魔獣が近づいたら的確な対応をする。

イーズも熟練度を上げるために常に感知スキルを展開しているが、フィーダの魔獣への反応はイーズとほぼ同じだった。もしかしたら感知に近いスキルを持っているのかもしれない。

夜にはイーズたちのところに来てはイーズを揶揄《からか》い、ハルに冒険者として必要な基本知識を与え、たまに自分が好きな賢者のエピソードを語っていく。ガラガラ声で話されるはるか昔の賢者たちの冒険譚は不思議と、どんなファンタジー小説よりも生き生きとしていた。

「おう！　お前らいいもん食ってんな」

「来た！」

「お、チビ。俺を待《ま》ち侘《わ》びてたのか？」

「チガイマス。アッチイケ」

「こら、イーズ。本音でも失礼だろう」

「坊主もひでえ。んで、そりゃなんだ」

「これは鶏を揚げて甘辛いソースを絡めたやつ、です」

ハルはそう言ってイーズのマジックバッグに入っている惣菜《そうざい》シリーズの一つ、ヤンニョムチキンを差し出した。ちなみに惣菜シリーズには、他にも塩ニンニクチキンとホットチリチキンがある。さらにはハルもご当地手羽先唐揚げを買っていたので、二人が持っている唐揚げの種類は異様に豊富だ。

「お前らなぁ……おい、ハル。お前さん、〝錬金〟の賢者の巻は絶対読めよ」

「は、はい？」

「錬金？　何か作った人？」

「そうだな、色々作ったが一番有名なのは――個人判別機能付きの魔道具だ。さらに言えば、所有者登録機能付きのマジックバッグ」

唐揚げを見て頬を引き攣《ひつ》らせたあと、突然真剣な顔で二人を見るフィーダ。口の中のチキンをごくりと飲み込む音が思ったより大きく響き、イーズは慌てる。

「ま、代々家に伝わるマジックバッグは、大概血縁者しか使えないように設定されてる。余計なお節介だったら気にすんな」

「いえ……マジックバッグは希少とか？」

「希少ってか……そうだな、まずマジックバッグを手に入れる方法は三つ。一つ、賢者様の家系、それも本家当主である場合。二つ、ダンジョン深層部の魔獣ドロップから。んで三つ、特殊スキルの空間魔法持ちが作ったやつを買う、だ」

フィーダの太い指が三本上がる。イーズはそれが変な動きをしないことになぜか安堵《あんど》を覚えた。

「一つ目のケースだと、家宝だから何があっても手放さない。二番目も冒険者が独占する。冒険者のA級になりゃ大概持ってて、B級だと半分ってとこだろう。たまに金に困って売る奴《やつ》もいるが、そんなのはマレだ。そうなると、だ。三番目のケースが一般的だが、どんな値段で取引されるか、想像がつくだろ」

同意を求めるように視線を向けられ、ハルは頷《うなず》いた。

「古くから続く貴族は絶対所有している。ある意味ステータスだ。で、逆に新しく力をつけてきてんのに持ってない奴にとっちゃ、喉《のど》から手が出るほど欲しいアイテムなんだよ、マジックバッグっつーもんは」

「力ずくで奪われたりすることがあるとか言わないですよね？」

「ある。酷《ひど》い場合、血縁者設定を掻《か》い潜《くぐ》るために、子供を作るまで監禁してそのあとは……ってのもある」

「うわぁ、分かりました。もし、持っていたら危ないので気をつけます」

「おう、もし、持ってたらな。……しっかし、こりゃ美味《うま》いな。もうちょっとピリッとしてた方が俺は好みだが、チビには丁度いいか？」

「うっさい！　勝手に食べて文句言うな！」

そう叫びつつ、イーズは話のお礼代わりに皿にそっとヤンニョムチキンを追加したのだった。

次の日、定期便の馬車が停まったのは大きくも小さくもない規模の町。王都からまだそんなに離れていないからだろう。人通りもそこそこあるように感じる。

大きな荷物を背負って落ち着きのないハルとイーズに、後ろからガラガラの呆《あき》れた声が飛んできた。

「おい、お前ら、ちょっとは落ち着け」

「いや、もう二度と来られない町かもしれないと思うと衝動が」

「オケツが痛い」

「チビはケツに肉つけろ、肉。これから出発の昼過ぎまでは自由だ。あんまり遠くに行くなよ。時間になっても来なかったら勝手に出るからな」

フィーダに念を押され、二人はリュックの肩紐《かたひも》を両手で握りしめてコクコクと激しく頷く。置いてけぼりにされても次の便を待てばいいのだろうが、払ったお金は戻ってこない。それにフィーダのように旅慣れない二人に気を配ってくれる護衛もそうそういないだろう。

「おっちゃんは、これからどうするの？」

「俺は馬の世話したらしばらく自由だ。組合の奴らが出発までは馬車を見ていてくれる」

「ほー、それはいいことを聞いた気がする」

ニヤリとハルが口の端を上げて笑う。その隣でイーズも目を三日月にしてニンマリと笑った。

フィーダは無精髭《ぶしょうひげ》の生えた顎《あご》を引き、左足を一歩後ろに下げる。何か悪い予感がするらしい。

ある意味それは正しい。

「いやいや、そんなに警戒しないで。フィーダってこの町に何度も来たことがあるんでしょ？　俺たちは今日の数時間でもう来ることもないだろうからさ、効率的に良いところを回りたいんだよね」

「美味い飯！　美味い肉！　あとなんか面白そうなとこ！」

ハルの説明の後、イーズがピョンッと跳ねて行き先の希望を告げる。それを見てフィーダは体を元の位置に戻して、眉を片方だけ上げてザリザリと顎髭をさする。それからフィーダは少し考えて頷き、通りの先を指差した。

「あっちだ」

「おお！　あざっす！」

「おっちゃん、イケメン！」

「いけめん？」

イーズの発した言葉に、フィーダは足を止めて首を傾《かし》げる。イーズは彼を見上げて凍りついた笑顔のまま目をスイーッと泳がした。マグロも驚きの回遊具合だ。それを見てハルは慌てて横からフォローを入れる。

「あーっと、カッコイイっていう意味だよ。ほら、若者言葉！」

「そそそそう！　おっちゃんが格好いいってこと！」

「いけめん、ねぇ……」

フィーダに訝《いぶか》しげな視線を向けられ、イーズは口を四角く開けて誤魔化《ごまか》し笑いを浮かべる。チロッと横目で確認した感知の表示は青い。つまり変な疑念などは抱かれていないはずだ。まだ、大丈夫。

「下町では聞かねえが、そんなもんか。まぁ、いい。美味い飯屋に連れていってやる」

「フィーダ、最高！」

「ありがとう、おっちゃん！」

荷物を抱えたまま小躍りする二人に、フィーダは目を細める。素直すぎて心配になるくらいの若者たちだ。フィーダは喉奥で笑い、顎でついて来いと二人を促した。

ハルとイーズは顔を輝かせ、どんな料理か予想し始める。周囲に川はなさそうだから肉一択。となると何の肉か。できれば食べたことがないものがいい。そうして期待を高めに高めて三人が入った食堂で出されたのは――

「ミートボールとホワイトソース？」

「と、ジャム、ですか？　じゃなくって、ジャム？」

つい普段の癖が出たイーズは慌てて語尾を直す。

三人の前にはゴロゴロと丸い肉団子、もといミートボール。かかっているソースは白く、さらに真っ赤なジャムのようなものが添えられている。

「ああ。ミートボールだ。ジャムは甘くない。ソースに混ぜてもいいし、そのままでもいい。好きなように食え」

そう言ってフィーダは率先してミートボールにフォークを突き刺した。大きな口に吸い込まれていくミートボール。無精髭でガラガラ声のフィーダだが、食事の時は意外にも粗暴さはなくきちんとしている印象を受ける。

そんなことを考えつつ、ハルはフォークを握りしめ覚悟を決めたように一つ、ミートボールを口に放り込んだ。

「ん、んまい。ソースが濃厚。思ったよりも柔らかい」

「えっと、いただきます」

小さく呟《つぶや》き、イーズもソースをふんだんに絡ませてミートボールにかじりつく。ハルの言う通り、硬いかと思ったミートボールは柔らかくあっという間に口の中でバラバラに解《ほぐ》れた。

「んん！　美味い！　フィーダ！　美味いよ！」

顔を輝かせるイーズに、フィーダは口の端を上げて笑う。道中、二人が食べていた料理はとても完成度が高いものばかりだった。舌が肥えているだろう二人にこの食堂の味はどうだろうかとも思ったが、二人とも気に入ったようで安堵する。

「美味いか？　パンもあるぞ？」

「食う！」

「あ、俺も俺も。ジャムとソースって前食べたのが微妙だったから抵抗あったけど、ここのは美味いね」

バゲットのような硬いパンをちぎり、ソースとジャムをぐるりと撫《な》で取ってハルは満足げに頷く。イーズも隣でリスのようにもくもくと口の中に食べ物を詰め込みながら首を傾げた。

「ジャムとソース一緒に食べるなんて、珍しくない？」

「いや、意外にあるよ。ターキーとクランベリーとグレイビーソースとか。これに似たやつだと、えーっと、北の方の国の家具屋さんとかが出してるのが有名」

「北の……ああ、あそこ」

ハルの言わんとしていることが何となく分かり、イーズは目を細めて重々しく頷く。確かに、あの店はミートボールと赤いジャムが出ていた気がする。美味いか美味くないかで言ったら、個人の好みだと逃げるしかない。肉は肉で食べたいとイーズは思った覚えがある。

「似た料理を食ったことがあるのか？」

フィーダの問いかけに、ハルは微妙に頷く。流石に地球にある北欧家具屋のフードコートで食べたメニューに似ているなどとは言えない。

「もしかしたら同じ村出身の料理人が考えたのかも？」

「ああ、それはあるな。ミートボールは出身地で伝統の味付けがあるらしい。知り合いの村では魚で団子を作るらしいぞ」

「へぇ、それもいいね」

二人の男性が会話する横で、イーズはこれ以上のボロを出さないように食事に集中する。さっきはヒヤリとした。一方でハルはビジネスマンのトーク力と交渉スキルのおかげか会話に抜け目がない。ここは全てハルに任せよう。逃げるのではない。戦略的撤退というやつだ。

それにしても――イーズはプレートに山のように積み上がった肉団子に気を遠くする。この世界の成人男性に出される料理の量を舐《な》めていた。小柄なイーズに見合った慎ましやかな胃には五合目登頂が限界だ。

「兄ちゃん、全部は無理かも」

「ん。いいよ、俺がもらう」

「食べかけだけどいい？」

「気にすんな」

おずおずと切り出したイーズに、ハルは気にした様子もなく自分のプレートを寄せる。この上に食べられない分を載せろという意味だろう。

イーズは小声で礼を言い、まだ触れていない範囲のミートボールをフォークの背で転がして移動させる。だいぶスッキリとしたプレートにイーズはほっと安堵の息を吐く。だがそれを見ていたフィーダが悪気もなく口にしたセリフにピシリと凍りついた。

「チビ、そんだけしか食わねえのか？　大きくなれねえぞ？」

「ぐぶぅっ」

「あー……」

可哀想《かわいそう》なものを見る目でフィーダとハルに見つめられ、イーズは両目を猫のように全開にする。

パクパクと動く口は空気を求める魚のようだ。猫と魚の共存。何とも言えない顔にハルはひっそりと腹筋を震わせる。

「これから！　これから！　まだまだまだまだ希望は！」

「ないって誰かに言われた気が」

「シャラップ！」

言外に女神に非情な予言をされたことを指摘され、イーズは指先をピシッとハルの顔の前に向ける。「しゃらっぷ？」とフィーダが呟いたことはこの際無視する。

イーズは残り少ないミートボールの一つにグサリとフォークを突き刺し、敵を見るように厳しい視線をフィーダに向ける。そして顎をわずかに引いたフィーダの顔をガン見しながら、大きな口を開けてミートボールにかじりついた。とは言っても、丸ごと一個ではなく半分なのがどうにも迫力がない。

「もぐもぐ。胃の大きさと体の大きさは違うから。それにね、もぐっ、知能犯タイプだから」

「頭脳派な」

「それそれ」

「意味が全然違うし。しかも自分で言うことじゃないし。さらに言えばイーズは完全に違うし」

「どっちにしてもそのままだと冒険者になっても周りに舐められるぞ」

二人のやり取りに喉奥で笑ってから、フィーダが的確に指摘する。イーズはミートボールの塊をグッと飲み込み、小さくケホッと息を吐いた。

フィーダとしても、この幼い子供を傷つける気はない。だがこれから長い旅を続けていくだろう二人が、このままでは目的を果たすことなくどこかで挫折《ざせつ》してしまうのではないかと不安になる。

水の入った木製のコップに手を伸ばし、中身を呷《あお》ってからフィーダは視線を今度はハルへと向ける。

視線の合ったハルはピシリと姿勢を正した。

「ハル、お前、武器の訓練は？」

「えっと、剣は持ってる。それと最低限の扱い方は知ってる」

「本当か？」

「……最低限、だけど」

フィーダの追及にハルの目が泳ぐ。五月の鯉のぼりよりも雄々しい泳ぎっぷりだ。だがフィーダは食べ終わった皿にポイッとフォークを放り、深々とため息をついた。どことなく責められているようで、ハルとイーズはキュッと肩を窄《すぼ》める。

「これから国を出る奴《やつ》に言うことじゃねえが、お前たち、もっと力をつけろ。冒険者で色々なダンジョンや狩場に挑むために移動する奴らはいるが、お前たちは明らかに毛色が違う。どこを直せと言えないくらいにわずかな違和感が多い。そういうのは周りの目を引く」

重厚な家具のような濃褐色のフィーダの瞳《ひとみ》が、まっすぐに二人を見つめる。真剣なその眼差しにハルとイーズは何も言わずに深く頷《うなず》いた。

「ってことでだ、ハル。明日から休憩時間は俺が剣を教える。移動の間も基礎体力作りだ」

「ええっ⁉」

「おお、スパルタですね！」

「ああん？」

「えっと、鬼教官？」

どうやら異世界では多少表現が違うらしい。今まで何も気にせず日本語と同様に会話をしていたが、ちょこちょこ伝わらない言葉がある。どれがダメなのか気をつけようもないが、誤魔化す手段は持っておいた方が良さそうだ。

そう心にメモをしたイーズの隣で、ハルは驚愕《きようがく》の顔のままで眉《まゆ》をハの字にする。何とも器用な表情にイーズは最後のミートボールを口に入れてクフッと笑う。酸味のあるジャムが脂っこい挽肉《ひきにく》料理の後味をスッキリさせている。

「え？　水の補充は？」

「それは夜に一気にやってもらう。昼は体力優先だ」

「俺、客だけど？」

「馬車の横を走れと言っているわけじゃない。流石《さすが》にそこまではさせないから安心しろ」

「イ、イーズ……」

「ボク、ちゃんと体力あるよ？」

イーズはニッカリと満面の笑みを浮かべ、腕を曲げて全く存在感のない力こぶを作ってみせる。十代真っ盛りのバスケットボール部レギュラーだ。走り込みや筋トレは毎日していた。こっちに来てからも培った習慣は抜けず、隠密をかけて走り回っているほどだ。

ハルもそれを思い出し、イーズからの助けは望めないことを悟って肩を落とす。

「ハル、若いうちに基礎をつけておけば長く冒険者も続けられる。できる時にやっておけ」

「ううう、了解。お手柔らかに、お願いします」

「ああ、任せておけ」

フィーダが厚い唇の片側だけを上げてニヤリと笑う。若干悪人顔に見えなくもない。でも細められた褐色の目の奥が温かい。今は夏だけれど、冬のココアのような安心感がある。

「フィーダは、冒険者のことも詳しい？」

イーズは食べ終えて膨らんだ腹をポンポン叩《たた》きながら尋ねる。彼は酸味のある果実のジュースにわずかに顔を顰《しか》めながら頷いた。

「ある程度は。冒険者を乗せることもあるからな」

「それじゃ、冒険者の心得みたいなのも知ってる？　こう、暗黙の了解的な感じ？　破ったらまずいやつとか」

「それくらいなら分かるな。護衛のルールと変わんねえだろ。知りたいのか？」

「冒険者としてやってくなら、最低限のことを知っておいた方がいいかなって」

「ほー、チビのくせしてなかなか賢いこと言うじゃねえか」

「チビじゃない！　ちょこっと縦の伸びがゆっくりなだけだし！」

　イーズの全く説得力のない言葉に、フィーダが鼻をフンッと鳴らす。この笑いはよろしくない。全くもって、よろしくない。イーズは喉《のど》の奥からヴーと獣のような音を出した。

「こらこら、イーズ。教えてもらうんだから、ちゃんとお礼を言わないと。護衛任務に差しさわりない程度でいいので、二人お世話になります」

「お、お礼にチキンあげてもいいんだからね！」

「どこのツンデレだよ。でもお礼はするので」

「まあ、そんくらいの礼だったら、ありがたく受け取ろう」

　こうしてフィーダが残りの旅の間、二人に冒険者としての基礎を教えてくれることになった。魔獣との戦い方やそれぞれの魔獣の弱点は現地のギルドで調査するのが一番良いと前置きしつつ、基本的な戦闘の心得や倒した魔獣の扱いなども教えてくれるらしい。もちろん、講義だけでなく実習もある。それは主にハルが生徒となるが、イーズもサポートする側の動きを学ぶ機会となる。

　食堂を出て町の通りを歩きつつ、ふとフィーダはイーズをじっと見下ろす。イーズは膝《ひざ》カックンをしたい激しい衝動を抑えて彼を見上げた。

「イーズ、お前、敵の場所が読めるだろ」

「ボク、ナンノコトカワカンナイ」

「……敵の早期発見は戦闘を有利に運ぶ。位置や距離を仲間に的確に伝える方法も考えとけよ」

「はい、先生」

イーズは額に揃《そろ》えた指先を当てて敬礼をする。そのポーズに訝《いぶか》しげに眉を寄せつつ、フィーダはぐりぐりとイーズの頭を掻《か》き回《まわ》した。その勢いが強すぎてイーズは数歩よろめき、慌ててハルが後ろから支える。

「この町で他にオススメの店とか知らない？」

「こんな小さいとこでそんなもんねえな」

「残念」

三人はそのままブラブラと町を進む。食事を終えたのだからフィーダが一緒に来る必要はないのだが、何となくの流れだ。

この町は乗合馬車が停留するほどには交通の要所となっているが有名な特産もない。そんな印象を受ける。まだ旅が始まったばかりで王都で準備した必需品は減っていないので買い足すようなものもない。でも何か記憶に残るものがあれば嬉《うれ》しいと、イーズはキョロキョロと辺りを見回し、あるものを見つけて小走りに近づいた。

「フィーダ、これ、何？」

そう言ってイーズが指差したのは木彫りの置物。ハルは眉を寄せ、その異様な形相をした置物を見つめる。それは皺々《しわしわ》な顔の魔獣が赤ん坊のようにおくるみに包《くる》まれている木彫りだった。しかもギャン泣き中の顔を表現していて地味に気持ち悪い。それを一瞥《いちべつ》したフィーダは表情を変えることなく肩をすくめた。

「ゴブリンの子供だな。魔獣除《よ》けだ」

「魔獣除け？　これで魔獣が来なくなるの？」

「そんな感じだ。子供が小さいうちに死ぬと〝魔獣が連れていった〟と言うことがある。だから産まれた子供の近くにこれを置いて、魔獣が来ても子供じゃなくて置物を持っていくようにするっていう習慣だ」

「へぇ、魔獣除けかぁ。ちょっと欲しいなぁ」

じっと置物を見てイーズがこぼした言葉に、ハルはギョッとした顔をする。

「え？　何で？」

「この町に来た記念に」

「本気で？　めっちゃ気持ち悪いんだけど」

「でも面白いし、これ見たら今のフィーダの話を絶対忘れないでしょ？」

「えええええ」

ハルは声を出しながら、何度もイーズとその異様な置物を交互に見る。確かに思い出にはなるが、これじゃなくとも良いのではないか。ダラダラと顔と背中に汗をかき、ハルは必死に考える。今こそ唸《うな》れ、俺の交渉スキル。

「イ、イーズ！　あっちに家具屋ある！　俺、あっち見たい！」

「兄ちゃん、今家具見ても買えないよ？」

「将来住む家にどんな家具置きたいか参考にするから、イーズの意見も聞きたいな。な？　な？」

「あ、じゃあ、家には買ったお土産《みやげ》を飾ろう！　記念すべき第一号！」

「ひぃ⁉」

余計酷《ひど》くなった。どこ行った、交渉スキル。イーズの輝く瞳が、まるで肉食獣の爛々《らんらん》と光る眼光のようでハルは一歩後ずさる。直後、イーズの頭に上空から、正確にはイーズの後ろに立ったフィーダから重い手刀が振り落とされた。

「おい、要らん荷物増やすな、チビ」

「うごっ⁉」

ドスッと響いた衝撃に、イーズは涙目でフィーダを見上げる。彼は立てた手をイーズのつむじに当てたままぐりぐりと揺らす。反動でイーズの顔もグラグラと左右に揺れた。

「旅の荷物は最低限だ。特にチビは重い荷物は運べないはずだ。少なくとも周囲はそう見る。マジックバッグなんて高価なもんを持っているはずねえんだから、変なもんを買うな」

「ぐうっ、正論が、痛いよう、兄ちゃん」

「ふはは、正義は我にあり。ふははは」

フィーダに見事に諭されたイーズ。一方ハルは浮かんでもいない汗を拭《ぬぐ》い、深々と息を吐いた。

旅の最初の思い出の品がゴブリンの赤ん坊の置物だなんて、一生に残る黒歴史に匹敵する。あれだ、京都に行って必要でもない小判とか刀とか買っちゃうタイプのやつだ。

その後、最大の試練を乗り越えたハルと、代わりに大きくない手頃なお土産を探すイーズは、時間に遅れないように見張るフィーダによって効率良く町の中を回っていく。

最後に立ち寄ったパン屋で商品を物色しているハルを店の外で待ちながら、イーズは小声でフィーダの名を呼んだ。

「フィーダ」

イーズの呼びかけにフィーダが振り返る。頭二つ分高い位置にある彼の顔を見上げ、イーズは口をまごつかせた。訝しげに片眉を上げるだけで無闇に先をせかさないフィーダに、イーズは細く長い息を吐き出してから言いたかった言葉を舌に乗せた。

「あの、ね。ありがとう」
二、三度瞬きをするフィーダ。何の礼なのかと問われた気がして、イーズは早口でその先を告げる。
「あの、兄ちゃんの相手してくれて。兄ちゃん、成人してるけど、でも、その、不安もあると思うんだ。だから、フィーダが、色々兄ちゃんに教えてくれたり、相手をしてくれたりするの、すごく嬉しいと思う。だから、ありがとう」

まごつきながら、それでも必死に言葉を紡ぐ。これはイーズの心からの気持ちだ。

ハルはイーズの兄の立場であっても実際は兄ではない。元々は赤の他人。ただ一緒に召喚され、旅をすることになった仲間。それでもハルはイーズを見捨てはしないだろうし、ずっとイーズの兄でいるつもりだろう。それは分かっているけれど、イーズはハルの負担にばかりなってしまうのかと不安もある。お荷物になるつもりはないから自分にできることはするが、土台となる常識から異なるこの世界では何もかもが手探りだ。

照れ臭さからまつげを伏せてキュッと唇を噛《か》むイーズを、フィーダは見下ろしてガリガリと襟足をさする。何と言うべきか逡巡《しゅんじゅん》してその手を伸ばした。

「お前らは、いい兄弟だ。それでいい」

フィーダの乱暴でどこか優しい手がイーズの頭に乗る。またぐりぐりと掻き回されるのかと構えたが、その手は数回イーズの頭を軽くポンポンと撫《な》でて去っていった。イーズは少しだけ乱れた前髪に触れ、言い表せない感情に唇をモニョモニョと動かした。

「お待たー。ね、そろそろ馬車に戻るんじゃないの？　早く行かないと」

店から出てきたハルが二人を待たせていたくせに悪びれもせずに堂々とせかす。何なら、ぴょんぴょんと跳ねている。元の年齢を考えなければ微笑《ほほえ》ましい動きだ。元の年齢を、考えなければ。とりあえず、カラダ年齢低下イコール精神年齢低下とイーズは心の中にメモをした。

「なんか、変なこと考えてる？」

「ううん、何も？」

追いついたイーズが浮かべる余裕の笑みにハルは何か不穏なものを感じる。まるで高窓に陣取って人間を見下ろす猫のように目を細め、ニヤリと笑うイーズの表情に何もないはずはない。だがハルはそれ以上の追及は諦《あきら》めてため息をついた。

そんな二人のやり取りに喉奥で笑い、フィーダは親指をくいっと先に向ける。

「俺は馬車の確認に行ってるから、お前たちはあと少ししたら来い」

「了解。フィーダ、ありがとう。残りの旅もよろしく」

「フィーダ、ありがと。お仕事、頑張って」

「ああ、じゃ、またな」

片手を上げて先に乗合馬車の停留所へと向かうフィーダの後ろ姿を見送る。ハルとイーズは振っていた手を下ろして、顔を見合わせた。

「ハル、師匠ができましたね。妄想の水魔法の師匠だけじゃなくって現実の師匠です」

「妄想言うな。でも、剣が使えるようになるのはいいな。咄嗟《とっさ》に動けるかどうかは分からないけど、覚えておくのは大事だから」

「そうですね。体力作りも頑張りましょう」

「……うん」

心が十分にこもりすぎているハルの返事にイーズは肩を震わせる。運動が嫌いなのになんであんなに身長が伸びたのか、一時間ほど正座をさせて尋問してみたい。そうすれば足に血が回らずに今後縦方向の成長が止まるかもしれない。天才的な案な気がしてイーズは実行計画を練り始める。

「何か、変なこと考えてる？」

「いいえ、全く」

薄い笑みを浮かべたままイーズは答える。ハルの体力と足が鍛えられるのが先か、それとも血行が止まるのが先か。それはこれからの旅の行く末と同じくらいまだ誰も知らない。

次の日フィーダが教えてくれた情報によれば、終点であるドゥカッテンの街は、甘みのある芋を使った料理が美味《うま》いらしい。大学芋、さつま芋、スイートポテト、もしや焼き芋とか干し芋、蒸しパン！　呪文のように食べ物の名前を唱え出したイーズにため息をつきつつ、ハルはフィーダに言われた場所に水を出す。ちなみに今日のノルマの走り込みはすでに終えた後だ。

剣術の基本の型を教えてもらい、素振りを繰り返した両腕がだるい。水の勢いも心なしかマーライオンではなくしょんべん小僧だ。いや、それはイメージが悪いので、海外のシャワー圧くらいにしておこう。はあっと深いため息をついた後、ハルは背筋を伸ばしてフィーダに感謝を告げる。

「本当に、色々教えてくれて、ありがとうございます」

「いいってことよ。お前らみてぇな若い奴《やつ》だけでの旅は珍しい。変な輩《やから》に絡まれて、チンケないざこざで命落としたりしそうでな。相棒の護衛も育っちまったから、暇だったついでだ」

「これからもこのルートの護衛をされるんですか？」

「いや、俺はこの復路で王都帰ったら別のルートに配置換えだ」

まさか今回の旅を最後にルート担当を離れるらしい。イーズはむっと口を尖《とが》らせる。

「フィーダ、何かやらかしたの？」

「馬鹿野郎、そうじゃねぇ。うちの組合のやり方なんだよ。若い奴は王都から遠く、距離が長くて魔獣もよく出るエリアを担当する」

そう言って、フィーダは両方の手で大きな器を持つように円を作る。

「んで、年取ってくとよ、徐々に王都とかそいつの拠点場所近くに配属されて、短い距離を任される。んで、最後にゃ都市内部を走る辻《つじ》馬車担当か裏方になるっつーわけだ」

少しずつフィーダの作る輪が縮まり、最後には片手の握《にぎ》り拳《こぶし》が残った。ぐっと力が入ったその手を見て、イーズは視線を落とす。

「フィーダ、ちょっと寂しい？」

「ん？　まぁな。王都の喧騒《けんそう》も悪かないが、ゆっくり田舎《いなか》道を行くのも気楽でいいからな。だが年取ったらしょうがねぇ。ジジイでも雇ってもらえるなら感謝しとけってやつだ」

「そっか」

「おうよ。さってと、あともう少しすればドゥカッテンだ。おい、ハル。あっちに着いたら泊まるとこ探すのも重要だが、ちゃんと組合で次に出る乗合便を確認しとけよ。すれ違いで逃して一週間待ち、とかなったら目も当てらんねぇ」

しんみりしてしまった空気を変えるように、フィーダは早口でハルに注意点を告げる。

「うん、分かった。どこかオススメの宿ありますか？」

「条件に〝料理が美味《おい》しい〟ってのは絶対外せないよ！」

「そうだな、美味い朝食を出すとこがあるぞ。しかも北行き乗合馬車が出る外門に近いから、次の移動の朝は楽になるだろう」

フィーダの気配りが細かい。これは女が放っておかないんじゃないか。イーズは口を四角にして、フィーダの顔を覗《のぞ》き込むように見上げる。

「フィーダはどこに泊まるの？　イイヒトに会いに行くの？」

「ばーか、マセガキめ。俺は組合の宿舎だ」

「そんな施設まであるんですね」

「仕事場すぐだから便利だぜ。最低限のものしかないが、移動が多い俺らにとっちゃ屋根があって平らな寝床があれば十分だ」

そう言ってフィーダは快活に笑う。

もう北部に来ることもほぼなくなるから、今回は少し長めに復路までの日数を空けてもらったらしい。もしイーズたちの乗る便まで数日があるなら、どこかで美味しいものでも一緒に食べようと約束した。

そしてその翌日、二人が乗った乗合馬車は無事、終点ドゥカッテンに到着した。


ドゥカッテン観光初日、二人は訪れた店の前で最大の難関に直面していた。

「ハル！　やばいですよ、これは！」

「ああ、これはやばいぞ」

「どどどどどうしましょう　やっぱりここは全部？」

「そうしたいけど、どう思う？」

一瞬顔を見合わせる二人。わずかな沈黙の後、イーズは胸を押さえる。

「もう二度会えないかと思うと、心がちぎれてしまいそうです」

「それは大げさだが、分かる、分かるぞ。フィーダに忠告をされたばかりだが、買い占めるべきか……」

「全種類制覇はもう確定ですよね。あとはそれぞれを幾つ？」

「しかし、二人で大量に買いすぎたら確実に注目を浴びる……」

「そそそそれはダメです。ハルがマジックバッグ持ちだってバレて、目を付けられるかもしれません。そうしたら、そうしたら……」

「そうしたら？」

ごくりとハルの喉《のど》が鳴る。イーズはハルに顔を近づけ、占い師の老婆のように厳かに告げる。

「血縁者縛りのあるマジックバッグを使えるようにするため、拉致《らち》監禁され、そうして……ラノベ王道のハーレムを築き、ハルは魔法使いの権利を失うのです！」

拳を握りしめてさも重要なことのように宣言するイーズに、ハルは渋い顔をする。

「その表現はよせ。俺は今や立派な水魔法使いだ」

「……何やってんだ、お前ら」

ハルの重々しい言葉の直後、どこかで聞き覚えのあるガラガラ声が後ろからして二人は満面の笑みで勢いよく振り返る。

「「フィーダ、いいところに！」」


フィーダに教えられた通り、二人はまず次の馬車便が三日後に出発することを確認し、それまで市内観光を楽しむことにした。

ここドゥカッテンではさつま芋に似た野菜を使った料理がそこかしこで売られている。だが全部の店を回る時間などない。そこで宿の人に聞き込み調査をし、数あるスイーツ店の中で最も高く評価された店を突き止めた。

そうして訪れた店の人気デザートは、クリーム状の芋と、芋のペーストをカリカリに焼いたものを幾重にもミルフィーユのように重ね、極細のカラメル状の飴《あめ》で巻いた逸品だった。

さらに二人を魅了したのが、ミルフィーユ生地の間に別のフルーツを練り込んだバージョン。様々なフルーツと組み合わされており、バリエーションも豊富である。芋だけでなくフルーツが入ることにより、芋の甘みが一層引き立ち、まぎれもなく極上スイーツの完成形がそこにあった。

「あ、あれは……ハル、あそこを見てください。あれはズズブバージョンです！　あっちの柑橘《かんきつ》系のももちろんだけど、ズズブは絶対に外せません」

「王都で食べた果物か。あれは桃みたいでめちゃ美味かった。よし、それは確実に複数個欲しい……他には」

「おい、お前ら、俺のこと忘れてねえか？」

「フィーダ、人生には思い切った決定をしなければいけない時があるといいます。今が、その時なのです」

小柄なイーズが、無表情でたたずむ猫のような顔でフィーダを見つめる。フィーダはゾクリとする不気味さを感じつつ、イーズの名を呼ぶ。

「急にどうした、イーズ。なんか、雰囲気怖《こえ》えぞ、おい」

「フィーダ」

「お、おう。なんだ？」

「あなたに依頼したいことがあります」

「な、なんだよ、言ってみろ」

「絶対に断らないと誓ってください。もし断ったりしたら……」

かつてないほどの真剣な表情で、イーズが一度言葉を止める。その目を見つめるフィーダの喉がゴクリと鳴った。

「……断ったら?」

「泣きます」

「へ?」

「盛大に、泣きます。この場で、ひっくり返って、泣きます。見た目十歳の子供を泣かす、ガラガラ声のくたびれたおっさん。周りの目が痛いほど突き刺さるのです! あだっ! 何するんですか、ハル!」

「イーズ、脅し方が間違っている。こういう場合は相手の弱みや欲望を刺激して交渉に持っていくんだ。例えば金、健康、持ち物……」

「おい、マジに怖えぞ! なんだよ、頼みてえことがあるならさっさと言え!」

落ちた。ハルとイーズは心の中で同時にガッツポーズを決めた。

二人の雰囲気に完全に呑《の》まれたフィーダを利用し、イーズ、ハル、フィーダはそれぞれ全種類を三つずつ購入して店を出る。店には請求書を乗合馬車組合宛《あて》に発行してもらい、その場で全額立て替えるふりをして、全部個人用であることを誤魔化《ごまか》した。

さらに今日の午後と明日、同量を買いに来ることを店側にも伝え前金まで払ったのである。これで全種類×九個×三回分購入できた。二人のマジックバッグのストックもしばらくは潤うことだろう。

ほくほく顔の二人の後ろで、疲れ切ったおっさんフィーダは心なしか元気のない髪の毛に手をつっこんでがりがりと掻《か》いた。

「そういえば、フィーダ、何か用だった？」

ふとハルが投げた今更な質問に、疲労が増した顔でフィーダはため息をついて説明する。彼が言うには、イーズたちが泊まっている宿まで行く途中だったらしい。復路便の護衛まで十日ほどの休みをもらったのを伝えに行こうとしていたら、偶然二人を見つけて声をかけたようだ。

「それより、イーズ。お前、それが本性か？」

「ナンノコトデショウ」

「ばーか、誤魔化したって遅《おせ》えんだよ。ガキのふりしてただろ」

「フィーダが勝手にガキだと思ってたんですー。それを訂正しなかっただけですー。ん？　いや、何度も訂正してたのに、信じてもらえなかっただけですー。……なんか、自分で言っていて、自分に突き刺さっている気がします。き、きっと気のせいですよね、ハハハ」

「イーズ、人生には潔く現実を認めなければいけない時があるという。これが、今、その時だ」

「どっかで聞いたセリフぅ！」

「お前ら、落ち着け。っていうか、俺を置いてくな」

二人の矢継ぎ早な会話に、たまらずフィーダが制止をかける。巻き込んでしまった自覚のあるハルは素直に謝った。

「フィーダ、ごめん。また来れる可能性がないから、せめて一年分は欲しかったんだよね。でもイーズのこの勢いじゃ、一年保《も》たない気がするけど」

「いや、まぁ、あれくらいいいんだが……ハル、マジックバッグの件で一つ、あまり重要じゃないと思って言わなかったことがある」

「はい？　フィーダが重要じゃないと判断したならそれでいいよ？」

「いや、今は最重要だ。時間停止のマジックバッグを持つのは賢者の子孫だけ。つまり、貴族の当主だけだ。ダンジョン産やスキルで作られたマジックバッグは時間遅延が精々。この食いもんを一年保たせることができるのは、確実に時間停止のマジックバッグ。ハル、これは誤魔化せないぞ」

「おおぅ」

まさかマジックバッグの中にもグレードがあるとは盲点。ハルは思わず呻《うめ》き声を漏らし、隣で同じような顔で額に手を置いたイーズを見る。

「ハル、やっちゃいましたねぇ」

「やっちまったなぁ。――イーズ、マップは今も青だろ？」

「ですね、ずっと青です」

「なら、いいんじゃね？」

「ですね。いいと思います」

「だから、おい！　俺置いて話すな！」

彼は元々護衛中も二人を気にかけてくれたし、マジックバッグのことも恐らく気づいていたのに、深く追及しないでくれた。感知スキルマップでは彼は今も〝味方〟を示す青色で表示されていたが、そんなものがなくても二人はフィーダを信頼している。

だから、彼の信頼に誠実に応えようと決めた。


フィーダに頼んで、個室が使える食堂に案内してもらう。宿に招くことも考えたが、無駄に警戒される可能性もあったので食堂にした。

個室に入り、フィーダのオススメ料理や飲み物などを注文し、出来上がったら全部一緒に運んでもらう。

「さて、料理は全部揃《そろ》ったかな？」

「大丈夫そうです」

「じゃ、イーズ、お願い」

「はい、張れました。これで大丈夫です」

――ガタッ

「フィーダ、どうしました？」

「無詠唱の遮音結界！　お前ら、賢者か！」

椅子を倒す勢いで立ち上がり、フィーダが叫ぶ。

その目は驚愕《きょうがく》で見開かれ、唇はワナワナと細かく震えている。

「うーん、半分正解、ですかね？」

「甘めの採点だな。フィーダ、とりあえず座ってくれるかな。立ったままじゃ、説明しづらいんで」

「あ……申し訳ございません！」

「「ん？」」

「フィーダ、急になぜ敬語？　てか、座ってって言ったのになんで土下座？」

「賢者様は！　女神様から遣わされた尊いお方！　王族よりも地位が高く、お、私のような下々の者が直接お会いするなど許されるものではございません！」

「なるほど。そういう反応になるのね。イーズ、どうする？」

「どうしましょうね……」

初めてできた、この世界で信頼できる人物に二人は浮かれていた。正体を話したらきっと笑って受け入れてくれるだろうと思っていた。

二人は知らなかった。この世界を何度も救い、導き続けてきた、異世界から招かれた勇者、または賢者と呼ばれる者たちがこの世界の住民にどう見られているのか。

全く想像もできなかった。賢者に憧《あこが》れ、賢者大全の中から好きな賢者の章をお金を貯《た》めて買い求め、何度も読んだ男の気持ちを。

少しでも賢者が作ったものに触れたくて、乗合馬車組合に入った少年がかつていたことを。そんな男が賢者を前にして、畏怖《いふ》の念を抱かずにいられないことを。

眉間《みけん》に皺《しわ》を寄せて少し悩んだあと、イーズは席を離れ、未《いま》だ床に額をつけたままのフィーダの前に立つ。

「フィーダ、立ってください」

ピクリと体を大きく震わせるが、フィーダは体を固くしたまま動かない。

「フィーダ、立って。――立ちなさい！」

再度イーズが強く言うと、今度こそ弾《はじ》かれるようにフィーダは立ち上がる。だが、その目は固く閉じられ、目の前にいるイーズを見ようとはしない。

「フィーダ、目を開けて、こっちを見て」

イーズは両手を精一杯伸ばして、笑い皺が走るフィーダの日に焼けた頬に触れる。

ピクリとフィーダの瞼《まぶた》が震え、そしてゆっくりと開いた。現れた渋い茶色の瞳《ひとみ》は、少し正面を彷徨《さまよ》った後に下へと視線を移した。

「フィーダ、何が見える？」

先ほどよりも、弱い掠《かす》れた声音でイーズが問う。

「賢者さ……」

「違う、違うよフィーダ。もう一度。目の前に、何が見える？」

「……イーズ様」

「また不正解。もう一回だよ。ね、フィーダ。何が……見える？」

イーズの唇も声も顔に添えられた指もふるふると震え、その瞳には透明な膜が揺れている。

――フィーダの前に、見えるのは、今にも泣き出しそうな、幼い子供。


「……イーズ？」

「ハテナは要らないよ」

「イーズ」

「やっと正解。フィーダは悪い生徒だね」

ふふっと笑う目から、小さな滴がとろりとこぼれ頬を伝う間に消えた。

そこにいるのは賢者ではない。

異世界から来た、まだ成人も迎えていない子供。

その瞬間フィーダは、かつて賢者に憧れた男は、その身と心全てをかけてこの優しくて世間知らずな子供を守りたいと思った。


自分の席に戻り、イーズはズビッと鼻をすすってから憮然《ぶぜん》と呟《つぶや》く。

「これ、冷めちゃってます。ハルのせいです」

「え？　俺？」

「マジックバッグの存在がバレたのも、それが時間停止という賢者仕様だということも、ハルが迂《う》闊《かつ》だったからです」

「イーズも一緒にマジックバッグの物を食べてたよね？　さっきのお店でスイーツの大量買いをしたがったのもイーズだよね？」

あれから、フィーダは腰が抜けたようにへなへなと床に座り込んで呆然《ぼうぜん》としている。

その様子を見て、イーズもハルもこれなら特に問題ないだろうと当初の予定だった食事に戻ることにした。残念なことに、少し冷めてしまったが。

二人がメイン料理のほとんどに手をつけ終わった頃、やっとフィーダが立ち上がって席につく。

「俺も食うます」

「ぶふっ」

「フィ、フィーダ、話し方は前のままでいいよ」

「いや、そんなことは……じゃ、二人も敬語はやめてくれ。そこは譲れない」

「俺は了解。ってか、だいぶ前から素で話してたし」

「んー、キャラ作ってない時は、ですますで話した方が楽なんですよね。なので諦《あきら》めてください」

「きゃら？」

「役柄とか、性格？　本当はこっちなんですけど、どうやらこっちの人から見たら、見た目に似合わないらしくて。なので普段の〝元気はつらつ無邪気なイーズ君〟は仮の姿ってやつです」

「なるほど、こっちも分かった。しばらくは……ちょっと前の通りとはいかないところもあるが、そ

こは勘弁してくれ」

「りょーかい」

ハルが軽く答えると、フィーダもやっと肩の力を抜き料理に手を伸ばした。

あまり長く隠密をかけているると怪しまれるので、フィーダが食べているにも拘《かかわ》らず、二人はこの世界に来た経緯や旅の理由をつらつらと語る。

ハルが元は三十歳を超えていたことなど驚きの事実を聞くたびに、フィーダは喉《のど》を詰まらせそうになったり食べ物を口から吹きそうになるのを堪《こら》えるのに必死だ。特に、二人がラズルシード王国の王妃への不信感から国を出ることを決めた件では、大型魔獣も逃げ出しそうな殺気が溢《あふ》れ出てきた。

「うおぅ。フィーダから格闘漫画の主人公のようなオーラが出てます。もしくは暗黒オーラ」

「フィーダ、気にすんなって。異世界人を必要としてるのはこの国。だから召喚された人をどう扱うか、その結果がどうなるかは、この国の人間の問題だ。それに、あちらの思惑に気づかなければ気づかないで、幸せな面もあるからな」

「そうですよ。勇者や賢者として崇《あが》められ、高価な物を着たり食べたりするのが、あ、食べ物は羨《うらや》ましいけど、そういうのが好きな人は一定数以上いると思いますし」

「俺はお披露目とかで注目を浴びるのとか、キラキラな服とかには興味ないし。こうやって自由に美味《うま》いもん探して旅する方が、俺の性に合ってる」

「同じくです」

「……お前らがそう思ってるなら、俺はもうどうこう言わねぇ。だが、一つだけ。――この世界に来てくれてありがとう。今までも賢者様に感謝はしてきた。だがこうやって実際にハルとイーズに会って、さらにそう思えた。だから、ありがとな」

そう言ってフィーダは椅子に座ったまま、深々と頭を下げたあと、照れたように笑う。眩《まぶ》しそうに細められた目と、はにかんだ笑みがなんともミスマッチだ。

「おっさんの照れ顔は需要がない気がします」

「は？」

「いえ、何でもありません。さて、難しい話は一旦《いったん》これくらいですかね？　隠密解いて大丈夫です？」

「いいんじゃないかな」

ハルの同意を得て、イーズはさっと掛けていた隠密を外す。それを感じ取ったのかフィーダは周囲を見回した。

「イーズの結界はすごいな。それに、無詠唱なんて見るのは初めてだ」

「これは結界なんですかね？　多分やってることは同じでしょうけど。あと詠唱は知らないので唱えようがありませんし」

「流石《さすが》、規格外だ」

「詠唱に関しては、フィーダに少し教えてもらった方がいいかも。冒険者の依頼の時、周りに他の冒険者がいたら誤魔化《ごまか》す必要があるでしょ？」

「確かに。それくらいいいぞ。簡単なものだけなら知ってるし。そこまで完璧《かんぺき》にしなくても、人によって詠唱は異なるから雰囲気が出てればいいはずだ」

「ブフフ、ハル、ついに厨二《ちゅうに》発動ですよ。〝出でよ《い》〟とか〝来たれ〟とか言っちゃうんです」

「中二は黙ってなさい」

大体の話は終わったと結論付け、食堂を出た三人。フィーダにこの街のオススメスポットを教えてもらい、明日夜にスキル詠唱を教えてもらう約束をして別れた。

「イーズ、ありがとな」

「何がです?」

町の通りを歩いている途中、不気味な置物を見つけたハルはイーズの視界を遮りつつ唐突にイーズに礼を言う。

「あの時、フィーダが俺たちを賢者として扱おうとした時、止めてくれて」

「なんだそんなこと。お礼を言われるまでもないことです。でもハルにしてはフリーズが長かったですね。ああいう場でもすぐ再起動できるイメージでした」

「まぁ、な。──なんだかな、一瞬何を考えればいいのか分からなくなった。この世界での賢者のあり方とか、異世界人の扱いとか。自分は賢者じゃないけど確かに異世界人で、女神様にも会って、強いスキルもいっぱいもらってて。フィーダはこの世界の人間で、ここを離れたらもう会わなくなるかもしれなくて。俺たちの事情を背負わせても、彼には何の得もない。──ってなことをグルグルしてたら訳分かんなくなって、んで、イーズがカッコよくバシッと女王様みたいなことやり出して、おおおおおってなってたら、もう俺が何か言う雰囲気でもなくなってたってわけ」

「じょ、女王様……⁉」

「〝フィーダ、立ちなさい！〟はカッコよかったぞ」

イーズのセリフを真似《まね》するハルの背中を、大して力が入っていない拳《こぶし》でポコポコと叩《たた》く。

「……本当にカッコよかったよ」

ポツリ、と前を歩くハルが呟くと、

「ん」

イーズはそれに聞こえるか聞こえないかくらいの声で短く返した。

「さ、次は芋のジュースだって？　あんま美味そうに聞こえないけど、どうなんだかね」

「あ、それ宿のお婆《ばあ》ちゃんから聞いたやつです。昔は冬によく飲まれてたそうで、色々薬草が入っているって言ってました。なんとなくシナモンとかカルダモンが入ったチャイっぽい飲み物な感じがします」

「なるほど。俺はコーヒー派だけど、たまにチャイも飲んでたな。印が無い良品雑貨店のやつ」

「緑のセイレーンではなく？」

「そっちは単価が高い。それに、雑貨店のはお茶パックになってて、甘さが調整できるのが良かったんだよ」

「へー、知らなかったです」

ダラダラと町を歩き、目についたお店を梯子《はしご》して腹をパンパンにして宿に帰り着いた二人。そこで居合わせた宿の店主に、芋のお焼きのようなお菓子を勧められた。一瞬だけ迷ったが、食べてみたい願望を抑えきれるわけもなく。部屋に持って帰るふりしてマジックバッグに入れておくことにしたのだった。


昨日は甘い物中心だったので、今日は肉！

そう言ってハルが朝から雄叫びを上げるので、王国西部で多く飼育されている牛を使った料理が美味《お》しい《い》お店を宿で教えてもらう。昨日教えてもらったお店が全て当たりだったので、今日も確実に期待できる。

この地域にダンジョンはなく、肉類は主に畜産か街の外で狩られる魔獣だ。しかし、魔獣肉の供給はどうしても不安定になりがちなため、牛肉を使った料理が一般的らしい。

「魔獣肉の串焼《くしや》きを食べることができるのはいつになるのでしょう」

「最後の経由地の先に四級ダンジョンがあるらしいから、旅の途中か国境都市かな」

「ではそれまでは牛肉で我慢しましょう」

「十分贅沢《ぜいたく》だと思うぞ」

「異世界テンプレがなかなかやってこない……」

「厨二を求めるな」

「ハルの影響ですね」

「絶対に違うな」

夜にはフィーダと会う約束があるので食べすぎは良くない。だが、美味しそうな料理を目の前にして通り過ぎることはできない。

葛藤《かっとう》を抱えた二人は、料理を半分こして残りを持って帰る——ふりをしてマジックバッグに入れることにした。逡巡《しゅんじゅん》したのはわずか数秒。フィーダの薫陶が全く役に立っていない二人である。

様々な誘惑に時には打ち勝ち、時には無残に敗北しながら、なんとかお腹《なか》に空きを残して二人は約束の店に着く。店員に待ち合わせをしていることを告げると、すでに来ていたフィーダが待つ個室に案内された。

「フィーダ、昨日ぶり」

「お待たせしました」

「おう、そんな待ってないから大丈夫だ」

「この店は何が美味いんだ？」

挨拶《あいさつ》をしながら席に着くなり尋ねるハルに、フィーダは喉奥で笑う。

「早速だな。ここは、北部に生えてる木の皮で肉を包んで、蒸し焼きにした料理が美味いぞ。香りが独特だが、いい具合に脂も落ちて酒が進む」

「ぐっ、酒に合う料理を勧めるとは、フィーダめ！」

「成人してんなら問題ねぇだろ？」

「なんか、若返ってからお酒に弱くなったらしいですよ。今毎日少しずつ体を慣らしてるって言ってました」

憎々し気に低い声を絞り出すハル。首を傾《かし》げるフィーダに向けてイーズはメニュー表を舐《な》めるように読みながら顔も上げずに告げた。

「若返りの弊害が出たってことか」

「我慢すればいいって思うんですけどね」

「それはイーズが酒を飲んだことないお子ちゃまだからだ」

「同感」

突然出来上がったおっさんと元おっさんチームに、イーズはガバリと顔を上げて吠《ほ》える。

「なぬ！　いいですよ。こっちではもうあと半年もしたら成人です。そうしたらガッポガッポ水のように飲んで、ハルをコテンパンに負かしてやります」

「面倒臭い酒乱になる未来しか見えないな」

「それにも同感」

「ふおおおお！」

残念ながら、見た目十歳な酒豪は需要がなさそうである。

フィーダ一推しの肉料理はとても素晴らしかった。ハルは散々悩んだ末、酒を飲むのは諦めたらしい。横でカパカパと杯を進めるフィーダを恨めしそうに見ている姿が、激しく情けなかったが。

食事が落ち着いてくると、今日の本題であるスキルの詠唱の話に移った。フィーダによればスキルの魔法を発動する際の詠唱は、最初にコールと言われる属性の名を呼び、次に実行したい動作を言えば大概発動するらしい。だが大きい技を出す時や、魔力を節約したい時には詠唱が長くなる場合もある。これに関しては、過去の賢者〝提唱〟が理論的にコールを説明しているので参考にするといいと教えてくれた。

説明をあらかた終えた頃、フィーダは酒で赤らんだ顔を引き締めておもむろにイーズに切り出した。

「イーズ、遮音結界を張ってくれるか？」

「音が漏れないようにすればいいですか？」

「ああ、頼む」

「分かりました。——はい、大丈夫です」

「ありがとう」

「フィーダ、何かあったのか？」

「ハル、イーズ、俺を、二人の旅に同行させてくれ」

突然そう言って、フィーダは膝《ひざ》にがっしりと手をつき、テーブルにぶつけそうな勢いで頭を下げる。

その様子にハルは顔をこわばらせ、フィーダに向かって矢継ぎ早に質問を重ねる。

「それは……それは、国境まで？」

「違う。アドガンまで。いや、お前たちの旅が終わるまで」

「それは、俺たちが賢者になる可能性があるから？」

「違う」

「異世界人に出会ったから、興味本位？」

「違う！」

「俺たちは冒険者として名を上げるつもりはない」

「分かってる」

「二度とラズルシードの王都に戻れないかもしれない」

「分かってる」

「じゃあ、なぜ？」

「それは、お前たちが異世界人だからだ」

「は？」

ハルとフィーダの会話をハラハラしながら見ていたイーズは、フィーダの答えにビクリと体を震わせる。

――異世界人だから？

――イーズとして見てくれたんじゃなかった？

突如イーズの瞳《ひとみ》が陰ったのを見て、フィーダは焦って顔を上げる。

「ハル、イーズ、早とちりするな。俺が言いたいのは、お前たちはこの世界について知らなすぎるってことだ。それを誰かに教えてもらう必要があるが、旅の途中で相手に疑われずに知りたいことを都度聞き出すのは大変だろう。だが、俺ならそんなこと気にしなくていい。さっきみたいなスキルのことだけじゃない、一般的な知識も冒険者としての知識も教えてやれる」

落ち着いたフィーダの声に、イーズは唇を噛《か》みしめる。ハルの交渉術のおかげで今までは大丈夫だったが、情報が揃《そろ》うまで王城や王都に足止めになってしまったのは事実だ。

「二人とも色々な場所を見て回りたいと言っていたが、常に乗合馬車で移動するのか？　行きたいところに馬車が出てない時はどうする？　それに他人と同じ空間で、正体がバレないように常に警戒して過ごすのか？　俺だったら、馬車で好きなところに連れていってやれる。必要だったら馬車の動かし方も、馬の乗り方も教えてやる。お前たちの正体も、マジックバッグを持っていることも、性格もある程度知っている。今更正体を隠す必要はない。異世界には魔獣がいないと聞く。命をかけて戦う場面がほぼないとも。俺だったら戦い方を教えてやれる。獲物の捌《さば》き方も、美味《うま》い食い方も教えてやる」

次々とフィーダの口から出される不安要素とその解消法にハルは眉間《みけん》に皺《しわ》を寄せる。乗合馬車の旅のデメリットはハルも感じていたからだ。フィーダは黙り込んだハルとイーズに気づかわしげな眼差しを向け、さらに続けた。

「俺は、お前たちが心配なだけだ。確かに強いスキルを持っているかもしれん。でもそれだけじゃ、力だけが全てじゃないのは分かっているだろう？　俺はお前たちが余計なトラブルに巻き込まれて、この世界を楽しめなくなったりしてほしくない。この世界で安寧の地を見つけるための旅に、俺も連れていってほしい」

そう言って再度深く頭を下げる。

だが、そんなフィーダに向かってハルは珍しく冷静さを欠いた声を上げた。

「そんなの俺たちがもらいすぎてる！　今までも、馬車での旅の間も、今日だって！　そうやってあんたから知識も、人生の時間も、故郷や仕事も何もかも搾り取って、そうやって尽くされて、俺たちに何を返せと⁉　十年、二十年かかる旅になるかもしれない。その時、あんたは幾つ⁉　この世界の寿命なんて知らない。だけどそんな年齢になるまであんたを振り回して、国から遠く離れた場所まで連れてっておいて、俺たちは幸せに暮らせと⁉」

「ハル、落ち着いてください」

「でも、イーズ！」

「もう少しフィーダの話を聞こう？　ね？　ね？」

興奮で体を震わすハルの腕にそっと手を添えて、イーズは彼を落ち着けるようにポンポンと軽く叩く。

ハルは大きく長い息を吐き出し、自分の感情を落ち着かせてからフィーダに向き直る。

「……怒鳴って悪かった」

「いや、ハルの気持ちはよく分かった。正直、何かを返してもらいたいという気はねえんだ」

そこで言《い》い淀《よど》むように口を閉じ、襟足を擦《こす》ってフィーダは目尻《めじり》の皺を深くする。

「でも、実際にはあるのかもしれない。お前たちの話が聞きたい。お前たちの、異世界のことが知りたい。どうやって生きていたのか、何をしてたのか、どんな夢があったのか。もう会えない人を思い出して辛《つら》い時に、聞いてやりたい。どんな家族で育って、どんなダチがいたか。それにマジックバッグに入ってる異世界の鶏は美味かったな。また食えたら幸せだ。あんな美味いもんを食ってるお前らが、この異世界で感動する食いもんを、俺も一緒に食いたい。そんなんで俺は満足だ。ハル、俺の人生に責任なんて感じなくていい。俺はこれまで好き勝手にやってきた。だから、お前たちについていきたいってのも、俺の勝手な願いだ」
　フィーダは、馬車旅の途中、夜寝る前に賢者の逸話を語ってくれた時のような、ガラガラなのに不思議と魅力的な声で夢を語る。おっさんなのに、なぜか瞳はキラキラと輝く希望に満ちた子供のようで、その口の両端には笑みを浮かべている。

「……需要が」

「イーズは黙りなさい」

「ハイ」

　余計なことを呟《つぶや》こうとしたイーズをぴしゃりと制し、ハルははあっと重いため息をつく。

「正直、フィーダの提案は嬉《うれ》しい。この世界について俺たちは無知だ。行く先々で情報を集めたり、俺の交渉スキルで欲しい情報を聞き出したりするにも限界があるし、はっきり言えばストレスだ。それに十五歳で見習い冒険者という立場は非常に弱い」

　一つ、一つ、挙げていくうちに後から後から顔を出す不安。冷静を装うハルの声が揺れる。

「もし、旅の間に権力者や貴族に目を付けられたら、何ができる？　日本に貴族はいないから、この世界での貴族への相応《ふさわ》しい態度も知らない。反感を買ってしまったらどうにもならない。色々、本当に色々不安だらけで」

「ハル、頑張ってます」

「ん、イーズもな」

自然と互いに伸ばされる二人の手。

不安を抱えてここまでやってきた。王都は無事出られたけれど、国境はまだはるか先。自分たちの不安定さは、フィーダに指摘されなくても痛感している。

毎日楽しくて、二人で色々感動して。だからこそ、抱える不安も二人で共有してきた。異世界人としてずっと抱いていかなければいけないこの感情を、他の誰かに背負わせることはできない。

でも、背負えなくとも、荷物を背負う二人の背中を後ろから押して支えてくれる人が、そんな人がそばにいてくれると言うのなら——

「フィーダ、後悔しないか？」

「しねえよ。ここでお前らだけで行かせちまった方が、一生後悔する」

「そっか。だったら」

そう言ってハルは、イーズと繋《つな》いでいない方の手をフィーダに向かって差し出す。イーズも、同じようにフィーダに向かって精一杯手を伸ばした。

「一緒に、俺たち、俺たち三人の安寧の地を見つける旅に出よう」

「ああ！　三人で！」

そう言ってフィーダも両腕を伸ばし、二人の手を握る。テーブルを挟んだ歪《いびつ》な輪だけれども、ここに確かに三人の絆《きずな》は結ばれた。

さあ、明日から、次の目的地に向かって旅が始まる。

新しい日々が待っている。

「あ、だけどその前に、仕事を辞める手続きもあるし、王都の家に色々残してるから一回王都に戻らんといかん」

「おい！　感動を返せ！」

「フィーダ、空気を読んでください」

三人の旅は、まだ始まらない。


フィーダの場を読まないセリフのせいで締まりは悪かったが、とりあえずの結論は出た。

一緒に旅をするならもう少し話したいことはある。しかしいい加減食堂の個室に長く居座るのもどうかということで、二人が泊まっている宿に場所を移すことになった。

「おー、これが異世界の食いもんか。てか、この透明な器は流石《さすが》だな。賢者様の遺物を飾ってる博物館にも行ったが、本でもペンでも賢者様の持ち物は精度がすげぇ」

「フィーダ、容器に感動してないでさっさと中身を開けてください。というか、あんだけ食べてまだ食べるんですか、二人とも」

「イーズは見た目と同じで胃袋もちっちゃ……痛いからつねるのはやめてください」

「温かいお茶が欲しいので、さっさとお湯を出してください。銭湯のカエルのようにゲロッと」

「マーライオンの次はカエルかよ」

「ライオンの湯口もありますが、ハルにはカエルで十分です。はい、ここにゲロゲロゲーッと」

そう言ってイーズは茶葉の入ったポットをハルの前に差し出す。そんなイーズに呆《あき》れながら、ダバダバとそこに適温のお湯を注ぎ込んでいくハル。

水魔法をもらって最初に出したお湯は熱すぎで、大切な茶葉をダメにしたとイーズにしこたま怒られた。最近は本人も感動するくらい絶妙な温度設定ができるようになった。訓練の賜物である。

「そんなとこも異世界人だな。普通はお湯は出せない。温度調整をしようなんて考える奴《やつ》もいないだろうな」

「おーう、これもダメか」

「ダメダメだな」

小さな落とし穴がいっぱいですねと呟きながら、イーズは未《いま》だ水饅頭《まんじゆう》のプラスチック容器を各方向から矯《た》めつ眇《すが》めつしているフィーダからそれを取り上げ、淹《い》れたお茶の横に並べる。

「んでな、今日組合の窓口に顔出して、辞めるにはどうするかって話はしてきたんだわ」

今度はプルプルと揺れる水饅頭に感動してフィーダがいつまで経《た》っても食べようとしないので、焦《じ》れたイーズが水饅頭の天辺から楊枝《ようじ》をブッ刺して一悶着《ひともんちゃく》あった後、フィーダはやっと話し始める。

昨日の午後に二人と別れた後、彼は宿舎に戻ってずっと二人の旅に関して考え続けてくれたらしい。

組合のネットワークを活《い》かして他の人にサポートをしてもらうとか、冒険者の護衛を雇うとかも考えた。だが信頼できる人を見つけられる保証もない上、その人が長期で一緒にいられるなんて奇跡を当てにしてもしょうがない。

そうして、自分が仕事を辞めてついていくのが一番良いという結論に至った。それで今日のうちに組合で退職の際の手続きまで確認済みという。なかなかに行動が早いおっさんである。

「お前たちがこの街にいる今夜までに、できる限りの準備はしておきたかった。結局、王都までの復路の護衛と本部での手続きが必要ってことになったが」

「そこは仕事を放ってついてこられても、信用できなくなるんで、しっかり最後まで務めてくれ。——王都に知り合いもいっぱいいるんだろ？　きちんと挨拶《あいさつ》してきた方がいい」

「そうだな。荷物のこともあるが、仕事仲間や上司とかに顔見せてくるわ」

「そうなると、一旦《いったん》ここで別れるとして、合流はどこになります？　国境都市ですかね？」

満足気に温かいほうじ茶に息を吹きかけながら、イーズは尋ねる。

タジェリア王国に少し近づいたお陰で、高いがほうじ茶の茶葉を少量手に入れることができた。女神に会って以来の、イーズ的ベストマッチがようやく完成したのである。これで緑茶がチョイスに加われば、さらにパーフェクトだ。

「合流よりまず国を出ることを優先しろ。そうすると国境を越えて二つ先の都市がいいかもな」

「なんて名前の都市？」

「確かジャステッドだ。過去の賢者が拠点を置いていた街で、彼らの名前から付けられていたはずだ」

「ジャステッド……ジャスティンとテッドかな？」

「美味《おい》しい食べ物があるなら問題ないです」

都市の名前の由来を考えるハルの横で、イーズは絶対外せない条件を告げる。

「イーズの頭の中は、それだけか。可食魔獣が多く出る二級ダンジョンがあって、ダンジョン産の美味い肉はいっぱい食えるはずだぞ。自分たちで潜って取ってくるのもいいだろう」

「串焼《くしや》き！　串焼きはありますか！」

「もちろんだ」

「ハル、決定です！　そこでフィーダが来るまで待ちましょう！」

即決定の判断を下すイーズに、二人の視線が痛いほど突き刺さる。だがしばらく滞在する可能性のある都市に、美味い食べ物があるかないかは死活問題なのだ。イーズにとっても、おそらくハルにとっても。なので自分の考えは正しいはずである。

「でもダンジョンがあるなら、見習い冒険者も沢山集まっていて紛れ込みやすそうだな」

「ハルは勘がいいな。多少冒険者の動きに不慣れでも、田舎《いなか》から出てきたとかにすれば誤魔化《ごまか》しが利きやすいだろう。冒険者ギルドに定期的に顔を出してくれれば、俺も居場所を掴《つか》みやすい」

「そういうことか。了解。期間としてはどれくらいの見込みになる？」

「そうだな。担当する復路便を少し早めて明後日にしてもらった。そっから王都に戻って色々済ませて……二ヶ月もかからないはずだ」

「急がず、安全に旅してくれ。マジックバッグがなければ多く荷物は持ってこられないだろう？そこはどうするんだ？」

「元々旅暮らしに近いからそんなに荷物は多くない。本が数冊と、防具、服くらいだろう。なんとかなるはずだ。あとは、組合を通して馬が買えるかもしれない」

フィーダの話では、年をとって都市部の辻《つじ》馬車担当になると、それぞれに馬が貸し与えられる。そして退職時に馬をそのまま買取り、個人で辻馬車を回す人もいるらしい。そういうことで、組合で馬車用に訓練された馬を買うのはよくあることだそうだ。今回フィーダもそうする予定だという。

「本当なら馬二頭ついた馬車ごと買い取ってきたいんだがな。そんな金もねえし、空馬車で国境越えは検問に引っかかりそうだ」

「怪しまれるんですか？」

「特に理由はない。強いて言えば、荷物を大して積まずに国境を越えるのは、あっちの国から何かを持ち出す予定があるんじゃないかとか疑われる可能性があるってくらいだ」

「なるほど。もう一頭の馬と馬車はジャステッドで探すことになりそうか。フィーダが来るまでに見つけといた方がいいか？」

「いや、連れてくる馬との相性もあるし、お前たちは馬車に詳しくないだろう。操るのも俺だから、合流してからみんなで探そう」

「確かにそうだな」

「やっぱりフィーダは頼もしいですね」

「だろう？」

そう言って悪い顔でニヤリと笑うフィーダだが、イーズに煽《おだ》てられて照れているのを隠せてはいない。隣で〝需要が……〟と呟くイーズを放置して、ハルはフィーダから離れて旅をする際の注意点を尋ねる。

「そうだな……ドゥカッテンから次の町リンズーダまでの護衛は俺の顔見知りで、お前らのことは素性は伝えてないが目を配ってもらえるよう頼んでおいた。リンズーダも小さな町でそこまで問題ないだろう。そっから次だが……少しヤバそうな情報が二つ入ってる」

そう言ってから、フィーダはチマチマと小さく切りながら食べていた水饅頭の最後の一切れを、名残惜しそうに口に含む。

そういえばマジックバッグのものが減らないと教えてなかったな。そんなことを考えながら互いをチラリと見、イーズとハルはフィーダの次の言葉を待つ。

「一つ目は、リンズーダと最後の国境都市アブロルの間に最近強力な魔獣が棲《す》みついたらしい。姿は確認できていないが、何台か乗合馬車が行方《ゆくえ》不明になっているって噂《うわさ》が出てる」

そこでフィーダは未練たっぷりに水饅頭が載っていた皿に楊枝を置く。

「それから、二つ目だが、春にうちの組合に入った若い奴、名前はヘキルトっつーんだが、もしコイツが護衛担当の馬車に当たったら便を変えろ。ちょうどいい便がなければ、うちの組合じゃなくっていい。他のところのでもいいから、別の馬車に乗るんだ」

「ヘキルトっていう人に何か問題でも？」

「大有りだ。証拠は出てないが、魔獣が出た際に乗客を残して逃げたっていう噂がある。もしこいつが護衛する馬車に乗ってる時に、問題になっている魔獣にぶち当たってみろ。自分だけ助かろうと、乗客を囮《おとり》にして逃げるかもしれない」

「ただの噂ということもあるのでは？」

「噂が出る人物ってだけで信用ならん。自分の命を守りたいなら、悪い噂は真実だと思って動け」

「分かりました。あふょっ！　なんだよ、イーズ！」

フィーダに向かって神妙に頷《うなず》くハルの脇腹をイーズが突然突っついたため、ハルの口から情けない声が出る。

「ハル、フラグです」

「ええ!?」

「盛大なフラグが立ったのが見えました」

「なんだ？　予知か何かか？」

「いや、そうじゃな……」

「これはフラグという、予知に近いかくしん……でっ！　ハル、痛いです」

「イーズ、黙ってなさい」

「ハイ」

拳骨《げんこつ》を落とされた頭をさすりながら、イーズは大人しく二人の話を聞くことにする。

その後もフィーダに細々とした注意点を聞き、質問をして詳細を確認していくハル。フィーダによれば、国境検問は二人なら問題なく通れるだろうが、嫌な担当に当たるとお金を要求されることがあるという。特に、貴金属をつけていると金を持っていると思われるから検問の時に指輪や腕輪は外しておけ、と二人の手元を指差した。その場で〝これはどうですか〟と言って指輪を木製に状態変化させたイーズに呆れながらも、フィーダは大丈夫と太鼓判を押したのだった。

次の日の朝、約束した通りにフィーダは馬車乗り場まで見送りに来てくれた。

「朝早くからありがとう」

「ありがとうございます、フィーダ」

「組合の宿舎から出ればすぐだからな。お前たちが出たら寝直すさ」

肩をすくめながら軽く答えるフィーダに、二人は笑顔で別れの挨拶をする。

敬語は要らないと言われていたが、ここはケジメのためハルも敬語でお礼を言う。

「ここまで本当にありがとうございました。沢山の知識、俺たちにとっては何よりも貴重な宝です。合流するまで、安全を優先してゆっくり進みます。フィーダも、無理せずに来てください」

「フィーダ、きちんと知り合いに挨拶してきてください。別れは大切です。……もし、もし向こうに戻った後で、旅に出たくなくなったら、追っかけてこなくてもいいんですからね?」

「ばーか、余計なこと考えるな。お前はきちんと食べて寝て、俺が追いつくのを待ってろ」

フィーダのゴツい手で頭を勢いよく撫《な》でられ、イーズの頭がグワングワン揺れる。あまりに強いので、イーズがタタラを踏みそうになっているのをハルが慌てて後ろから支えた。

「……気をつけて行くんだぞ」

「ん、フィーダも」

「ああ」

照れながらフィーダと軽い抱擁を順番に交わし、二人は馬車に乗り込む。二人で頭をぶつけ合いながら小さな窓を覗《のぞ》き込むと、少し離れたところでフィーダが手を振っているのが見えた。

「フィーダ！　行ってきます！」

「行ってきます！」

「おう！　行ってこい！」

大きな声で挨拶を告げ、二人が満足して座席に座り直すと、周りの乗客から微笑《ほほえ》ましい目で見られていた。恥ずかしくなって下を向いてお互いを肘《ひじ》でつつき合いながらも、二人の顔にはニヤニヤとした笑みが浮かぶ。

王都を出てからの初めての街までで、大切な信頼できる仲間を見つけた。

さあ、新たな旅が始まる。次にフィーダに会うまで、どんな驚きや楽しいことが起こるんだろう。

動き出す馬車に揺られて微《かす》かに触れる肩を感じながら、イーズは次の再会までの旅に思いを馳《は》せていた。

◆◆◆

次の町リンズーダへの旅は順調に進む。

七月末に召喚されてから二ヶ月以上経ち、季節はもう秋に変わり始めている。北へだいぶ進んできたため王都より肌寒くなってきているが、想像したほどには冷え込んだりしていない。

「服屋で秋服を買っておいて良かったな。季節の進みは同じな感じがする」

「でも首都圏ほど寒くはないですね。東海くらい？　行ったことないですけど」

「もっと南でもいいくらいじゃないか。王都が九州で、今関西くらいか？」

「日本に当てはめすぎると後で感覚がずれそうですね。アメリカ並みの気候差がある可能性もありますし。でも、北にあるタジェリア王国が北海道みたいな寒さってことはなさそうで良かったです」

「同感。これから冬になるってのに、北海道に挑みたくはない」

「ミートゥー」

「否定文だからミーニーザーじゃね？」

「中学生二年生一学期が最終学歴の人に、英語知識を挑まないでください」

「それもそっか」

「もう勉強しないでいいと思うとホッとします」

「他の勉強をいっぱいしないといけないけどな。覚悟しとけよ、フィーダは意外に鬼教師だ」

「あの顔と声じゃ全然意外でもなんでもないですけど、覚悟はしておきます」

夜寝る前に温かなお茶を飲みながら話す。星座に詳しくないけれど、見上げる星もどことなく違って見える。

今頃はフィーダも最後の護衛の旅に出ていることだろう。彼の旅の加護を願ってから、イーズは眠りについた。

リンズーダはドゥカッテンの二分の一ほどの大きさの長閑《のどか》な町だった。

事前情報では少し離れた場所に四級ダンジョンがあるとのことだったが、聞いてみればドロップがしょぼい、いわゆる〝ハズレ〟ダンジョンのようだ。氾濫《はんらん》が近くなると大勢の冒険者で一気に賑《にぎ》わうが、それ以外の年は閑散としているという。

「魔獣肉の串焼きが……！」

「国境を越えるまではなさそうだな」

絶望である。

だが、捨てる神あれば拾う神あり。

乗合馬車の手続きに行ったところ、十日ほど前から北行きは通行が規制されていたが、丁度本日解除されたと告げられた。

北へ向かう山側ルートと川沿いルート。その二つのルートの間にまたがる林に棲みついていた大型魔獣の討伐が完了したらしい。国境都市警備隊と冒険者ギルドが連名で出した規制解除の通知を受け、明日から乗合馬車の運行が再開される。

「北行きの便を二人分予約したいのですが」

「ご予約ありがとうございます。北行きですと、大変申し訳ございませんが規制中にご予約をされた方優先となっております。本日ご予約されますと、早くて五日後の便になりますがよろしいでしょうか？」

「それは仕方ありません。五日後の便でお願いします」

「かしこまりました。お二人分の予約をお入れします」

「あと……勝手なお願いになるのですが。ドゥカッテンまでの護衛をしていただいたフィーダさんに、ヘキルトという方が護衛担当される便以外に乗るように言われたのですが、それは可能ですか？」

「フィーダがそう申したんですね。少々お待ちください。――お待たせいたしました。その護衛は明日の便の担当になっておりますので、五日後以降でしたら別の者が担当いたします」

「そうでしたか！　ありがとうございます」

どうやら魔獣フラグも護衛フラグもポッキリ折れたようである。カウンターの会話を盗み聞きしながら、イーズは小さく万歳と呟《つぶや》いた。


さあ、五日後の出発までどうするか。この小さな町では観光も二日あれば足りそうである。

「うーん、冒険者ギルドに顔出してみるか」

「依頼を受けるんですか？」

「それもいいかなと。俺の場合、半年以内に決められた件数の依頼をこなさないとペナルティが科せられるから。あと、どんな魔獣が討伐されたのか、そいつのせいで魔獣の生息分布が変わってどこかに影響が出てないか、ギルドで確かめたい」

「なるほど。ではギルドに先に向かいましょう。観光は依頼の合間にする感じで」

「優雅な冒険者だな」

「所詮《しょせん》旅人ですからね」

五日間の過ごし方を決めたところで、二人はギルドを目指す。

長閑な田舎《いなか》のおじさん、もとい、ギルド受付男性によれば、今回討伐されたのはブラッドベアの上位種で、腕が六本あったらしい。ブラッドベアに追いやられる形で魔獣の移動が多少あったが、数日したら戻るだろうとの予想も教えてくれた。

では安心したところで、いざ依頼を受けようとしたら――

「依頼が、ない？」

「そうなんですよねぇ。ほら、討伐隊が出てる間、討伐隊以外の冒険者はどこにも行けなかったでしょ。この付近で出てた依頼みぃんな受けちゃってね。こっちとしては嬉《うれ》しいんですけどねぇ。依頼処理が追いつかないほどですわ」

「ないものは仕方ないですね」

礼を言ってカウンターを去ろうとした時、奥から怒鳴り合う声が聞こえる。

どうやら素材の査定結果に納得いかない冒険者が担当に噛《か》み付いているようだ。

「あれ、シルバーウルフの爪って言ってるけど本当です？」

「んー、偽装だな。メッキ粉末を含んだ糊《のり》が塗られてるだけだ」

「ほう。幼稚な偽装ですね」

「……イーズにそれを言われる奴《やつ》らに同情するよ」

「どういう意味ですか、ハル」

「……あのぅ」

「あ、すみません、邪魔でしたね、すぐ退《ど》きます」

「いえ、そうではなく、お宅、鑑定持ちなら依頼ありますよぉ」

「はい？」

カウンターでボソボソと話をしていたため、邪魔になっていたかと思って去ろうとすれば、おじさんに引き止められる。

事情を聞けば、達成された依頼がどんどん持ち込まれていて、素材の鑑定を鑑定スキル持ちで捌《さば》ききれていないという。仕方なく、高レベル依頼の素材は鑑定持ちで、低レベル依頼の素材は他のギルド職員の判断で回している状態となっている。だがそれを聞きつけた冒険者が偽装したものや低品質の素材を納品したり、言いがかりをつけたりするケースが稀《まれ》に起こってしまっているようだ。

「でも俺ギルド職員じゃないですし、それに、鑑定スキル持ってなかったらどうするんです？」

「ギルドから、ギルドの仕事の手伝いって依頼はよく出るんだよ。大量発生した魔獣の解体処理とかねぇ。鑑定スキルを持ってるかどうかは、ほら、それこそ鑑定持ちにさせればいいさ。あいつも楽ができて喜ぶだろ」

ちょっと待ちぃさ、と言って二人をその場に置いておじさんは別の部屋に入っていってしまった。そしてほんの数秒すると扉の陰から少し顔を出し、二人に向かっておいでおいでをする。

戸惑いながらも部屋に入ると、完徹五日を過ぎたエンジニアのような顔色をした男性がいた。そしてハルを見た瞬間、

「鑑定持ち！　これで寝られる！」

と叫んで床にぶっ倒れ、あっという間に寝始めた。

「おー、ついに限界かぁ。で、鑑定持ちで確定だね。依頼出すからちょいここで待っとってね」

そう言って、おじさんは床にぶっ倒れた男性をそのままにして、部屋を出ていってしまう。

「……ハル、怒涛《どとう》の展開で頭がついていけないです」

「ミートゥ」

「否定文ですよ」

「アウチ」


翌朝、冒険者ギルド、リンズーダ支所には普段と違った空気が流れていた。

その原因は、こちら。


「ハル、薬草百本だ。大至急」

「イーズ君、ナッツ入ったクッキー食べる？」

「食べる！　兄ちゃん、クッキーだよ。アーン、して」

「イーズ、俺今しごっモゴッ、モゴモゴモゴ」

「ハル、こっちは魔石三十二個な」

「イーズちゃん、この鑑定済みの薬草を薬師さんのところに届ける依頼出すからよろしくね」

「はい！　兄ちゃん！　行ってくるね！」

「あーい、気をつけてなー」

ハル、イーズ、共にモテ期到来である。

ハルはもちろんその鑑定スキルで依頼を受けたのだが、イーズも足の速さを買われ、ギルドから方々にお使いに出されている。

そのおかげで二人はどんどん依頼数をこなし、ハルに至っては一日でF級に上がってしまった。これは依頼の数だけでなく、鑑定のような特殊スキルが必要となる依頼自体、一般の依頼に比べて評価点が高くなるからだ。

「……嬉しいけど嬉しくないような」

「兄ちゃん、ただいま！　これ、薬師の婆《ばあ》ちゃんからもらったよ。夜元気になる飴《あめ》だって。ピンクで可愛《かわい》いねぇ」

「イイイイイイーズ、それ、ポイしなさい！」

「イーズ君、まだ早いわよ」

「そうだよね、まだお昼だから夜までちゃんと待つよ」

「イーズ君、そういう意味では……」

「イー――ズ――！」

周りの職員に温かく見守られながら、二人は二日間をギルドで過ごしたのだった。

リンズーダ滞在も四日が過ぎて、明日にはラズルシード王国最後の都市アブロルに向けて出発する。

ギルドで二日目の依頼を完了した頃、鑑定持ちギルド職員が復活し、ハルは無事お役御免となった。ちなみに、依頼終了を告げられた時のハルの晴れ晴れとした顔と、ハルがもう来ないと知った鑑定担当の絶望的な表情の差がすごかった。

また、ギルドの状況に便乗して納品時に誤魔化《ごまか》しや詐欺を働こうとした冒険者は、ハルの鑑定でことごとく嘘を見抜かれ、全員依頼失敗の上、減点や罰金の処罰が科せられた。

「串焼《くしや》きもなかったですしスイーツも少なかったですが、良い茶葉が沢山手に入ったのでリンズーダの評価はまずまずといったところです」

「食べ物中心の評価だな」

「それ以外の評価項目は何がありますか？」

「うーん、風景、建築、芸術とかか？」

「景色は王都からさほど変わってないですし、建築もですね。芸術は、牧歌的なダンスが良かったです」

「そんなダンスどっかでやってたか？」

「宿屋の向かいで、夜に皆さんが踊ってました」

「ああ、酒場のね。うーん、ダンスなのかな。ああいうのは大抵どこも変わらない気がする」

「そうするとやっぱり特出したところはないという評価です」

「そうなるな。ギルドはいい経験になったけど」

「総合評価は星三つです」

「ミートゥ。じゃ、ドゥカッテンは？」

「星四です。五をあげたいところですが、そうすると永住地の候補に残っちゃいますから」

「なるほどね。最高評価は永住地有力候補ってことだな」

「評価五の中から厳選して吟味して、永住地を見つけるのが夢です」

「となると、どこかに評価項目とかまとめておくと比較検討にいいな……バイヤーの時のを使うか」

そう言ってハルはおもむろにタブレットを取り出し、その中のアプリをいじり出す。イーズが横から覗《のぞ》き込むと、商品名や生産者情報の横に、製造工程や完成品の見た目、味などが細かく評価されていた。

「この麩《ふ》菓子は美味《おい》しそうですね」

「美味《うま》かったぞ。もう食えないのが残念だ」

「工程が細かく書いてあるので、いつかどこかに落ち着いたら作れるのでは？」

「俺は生産者ではなく、常に消費者だ」

「その心は？」

「他人が作ったものの方が美味い」

「確かに。それで、このアプリで通った都市の評価を残していくんですね」

「その通り。泊まった宿、食べ物、受けた依頼や出会った人の名前なんかもいいな」

「そうですね。出会った人の名前は忘れないでいたいです。もちろん、美味しいお店の名前も」

「そこ重要な。これが完成したら、さしずめ〝召喚から逃げ出した二人の異世界漫遊記〟だな」

「ラノベタイトルですか。もしくは〝チートをもらったので、異世界を旅して回ります。～食べ歩きしてたら、問題解決しちゃいました⁉～〟とか」

「問題解決に手を出す気はないから、フラグは立てないように」

「そうでした」

話しながらもハルはアプリの中に新しいプロジェクトを追加し、フォルダに〝漫遊記〟と打ち込んでいる。さらにテンポ良く、評価アイテム欄にラズルシード王国王都ラズルシア、ドゥカッテン、リンズーダ、そして次のアプロルと入れた。

バイヤー時代も、ハルはこうやってタブレットと向き合う日々を過ごしていたのだろうか。

「バイヤーの仕事を思い出して嫌になったりしませんか？」

「ん？　ならないよ。会社はブラックじゃなかったし、仕事も好きだったからね。こうやってると生産者さんに会った後の新幹線の中を思い出す。会った人の顔を思い出しながら、タブレットに情報入れるのは楽しかったよ。まさか異世界で馬車旅しながら、アプリいじることになるとは思わなかったけど」

「ハルが楽しいならいいです」

「ありがと、イーズ」

その日夜遅くまで、二人はこれまでの旅を回想しながらアプリに情報を入れていった。この〝漫遊記〟プロジェクトが完成する頃、きっと自分たちの永住の地も見つかる。そう希望を抱きながら。

リンズーダからアブロルへはルートによってかかる日数が変わる。山側ルートは距離が短く八日、川沿いは山を迂回《うかい》するので十日かかる。だが、水確保の容易さから川沿いルートの方が乗客には人気がある。

そして二人が選んだルートがどちらかといえば、現在ハルが可動式マーライオン化しているのを見れば一目瞭然《いちもくりようぜん》である。

「川沿いを行けば、マーライオンにならずに済んだのでは？」

「これまでの二回の旅で、水魔法はかなり儲《もう》かることが分かった。移動代割引の上、道中でもバイト し放題。旅の間にまだまだお金はかかるから、これからもやめる気はないぞ」

「本人が良いなら、もう何も言いませんよ。それに、山からの景色はとても綺麗《きれい》です」

そう言ってイーズは馬車の窓から見える外の景色に目を細める。

馬車旅も四日目。日程の折り返しも過ぎて、ルートで一番標高が高くなる場所を通っている。山の一部では紅葉が始まり、外を流れる景色は色とりどりに染められ目を楽しませてくれる。

通行禁止解除から五日後に出発したため、馬車の混雑もさほど酷《ひど》くなく、車内の空気もゆったりとしたものである。

「イーズ君、国境都市ではポルペッタがオススメよ。ちょっと苦味があるけど、じっくり焼くと中がとろ〜りとしてね、とっても美味しいの。うちの旦那《だんな》は食べる時に舌をいつも火傷《やけど》するから、気をつけるのよ」

「ポルペッタ！　それは、野菜？」

「木の実の一種かしら。秋から冬が収穫時期だから、ちょうど今が旬なの」

「ふおおお！　ね、この山にもあるかな？」

「流石《さすが》にポルペッタの木までは分からないわ」

「残念！　見つけたら食べ放題だと思ったのに」

「ふふっ、イーズ君は食いしん坊ね」


「ハル、馬の水はもうそれで十分だぞ」

「了解です。で、アブロルは地酒を造ってるんですか？」

「おう、そうさ。独特な香りを持つ木で樽《たる》を作ってよ。こりゃまた、たまんねえ味わいの酒ができるんだよ」

「それってドゥカッテンで肉の蒸し料理に使われてた木ですか？」

「おう！　ハルも食ったか？　そう、その木だよ。熟成が進んだ酒の香りはどんなベッピン姉ちゃんよりも甘いぜ」

「そ、それは魅力的ですねぇ」

「だろう、だろう！」

ハルとイーズの口コミ入手スキルは、順調にレベルが上がってきているようである。イーズは人たらしレベルもアップしている気がしないでもないが。


イーズがそれに気づいたのは、国境都市までの旅も残すところ一日となった日の朝のことだった。

「ねえ、おじちゃん。馬車が向かってきてるけど、すれ違いできるの？」

「お、そりゃアブロルからの復路便だな。問題ないさ、ちょうど山の麓《ふもと》ですれ違うようになっとる」

「でもだいぶ速いスピードで来てるよ」

「なんだと。そら、おかしいな。ちょい望遠で見てみるか」

「お願い」

御者は足元から望遠鏡のような筒を取り出し、前方の確認を始める。イーズも御者台後部と繋《つな》がる窓から身をひき、ハルのもとへ戻った。

「何が起こってる」

「前方からすごいスピードで馬車が来ます。まだ感知ギリギリで……あ、見えました！　魔獣に追われています！」

「おっちゃん！　魔獣だ！」

「おう、見えたぞ！　イー坊の言う通り魔獣に追われとる。まずいぞ、このままじゃお見合いだ。こんな狭い道で魔獣ごと突っ込まれたらたまんねえ」

そう言って御者は馬車を止めると、護衛と一緒に馬車を転回する準備を始める。

「ハル、魔獣と馬車の点が重な、あ、あぁ、点が、消えて！」

ついに馬車に魔獣が追いついた直後、イーズの感知マップから点が一つ消える。

「あ、また……」

そしてまた一つ。

目を見開き、体を震わせるイーズをハルは正面から抱きしめ、どうするべきか必死に考える。外から護衛がこの馬車を守ることを優先し、あちらの馬車は見捨てるべきだと主張する声が聞こえた。

「イーズ、頼みたいことがある。イーズ、イーズ！」

「……ハ、ル」

「しっかりするんだ。この馬車を守らないといけない。隠密でこの馬車、馬も全部含めてみんなを守ってほしい」

「馬車、全部？」

「そうだ。できるな？」

「できる。できます」

潤んだ瞳《ひとみ》に光を取り戻し、深く頷《うなず》いたイーズにハルも視線を合わせて正解だと言うように頭を撫《な》でる。

「じゃ、すぐやってくれ。俺は外で護衛と話してくる」

「外に？」

「ああ、いざとなったら戦う。行ってくる」

「気をつけて」

馬車の扉からハルが外へ出た直後、イーズは馬車全体に隠密をかける。周囲を覆う空気がグッと重くなったのを感じた後、不安と驚きの入り交じった表情の乗客を見回して息を吸い込む。

「この先で別の馬車が魔獣に襲われていて、巻き込まれる可能性があります。今、この馬車を守るために結界で覆いました。音も気配も消してくれますが、外に出ると効果がなくなります。安全な状況になるまで、馬車の中から出ないでください」

「そんなスキルが？」

ざわりと乗客たちが顔を見合わせる。こんな子供の言葉を聞いてくれるだろうかと不安に駆られた時、仲良くなった女性の旦那が厳しい目つきで尋ねた。

「チビ、そのスキル、信用できるんだな？」

「ちょっと、あんた」

「成人前のガキのスキルでどこまでできるか分かんねえだろ。こっちは命がかかってる」

女性が男性の腕を引く。イーズは奥歯を噛《か》みしめ、男性の目を正面から見つめて頷いた。すると男性がにやりと口元を曲げて告げた。

「じゃあ、お前に賭《か》けてやろう。成人前でスキル授かるなんざ、よっぽどの大魔法使い様だ」

ふはっと、微《かす》かな息がイーズの口から漏れる。目の周りが熱を持ち、ぐっと喉《のど》を詰まらせた。

「特別な魔法なので内緒にしててくださいね！　それじゃ、絶対に馬車から離れないで！」

わざと不敵な笑みを浮かべ、イーズは馬車の扉に手をかける。後ろから女性の「イーズ君も行くの？　危ないわよ」という声に、肩越しに振り返って微笑《ほほえ》む。

「大丈夫です。それに、ハルが戦う時は横に立つって決めてるから」

そしてイーズは馬車を飛び出し、自分が離れても隠密が維持されていることを確認する。小さく頷いて、ハルのところへ駆け寄った。

「イー坊、音も気配も隠す結界だって？　お前、すごいな！」

「おじちゃんも、馬車を山の木の中に動かしたら中に入ってください。御者台だと万が一魔獣に体当たりされて放り出されたら、結界の外に出ちゃうので」

「おう、分かった。それじゃあお前ら、くれぐれも無理するんじゃねぇぞ。結界の中で魔獣をやり過ごすことだってできるんだ」

「だが、こちらの馬車の安全が確保できたからには、あちらの救助に向かいたい。少しでも助けられるなら、助けたい。あそこには仲間もいるんだ」

そう言うのは三人の護衛のうちのリーダーだ。復路便にはきっと彼らの組合仲間がいて、今も魔獣と戦っているのだろう。

ハルとイーズも彼らと一緒に現場に向かって走り出した。二人の、異世界デビュー戦が始まる。


イーズとハル、護衛三人組は山道を全速力で駆け降りていく。

「イーズ君、君は遠くの状況が分かるんだよな。今の状況を可能な限り教えてくれ」

「生物の気配が点で見えます。魔獣と馬車が重なってから二つ、点が……消えました。今は魔獣のそばに三つ、馬車の中に四つ、合計七つです」

「的確な報告ありがとう。おそらく魔獣と戦っているのは、馬車の護衛だろう」

「あ！　魔獣のそばから一つ点が離れていきます。これは……誰かが逃げた？」

「まさか！　――あいつか！　畜生！　よりによって！」

そう言って厳しい顔をして、護衛リーダーはさらに走る速度を上げる。そんなに体力を使って、現場に着いた時に魔獣と戦えるのか心配になるほどだ。

最後尾を走りながら、ハルはイーズに潜めた声をかける。

「あいつって、あいつかな？」

「魔獣フラグも護衛フラグも折ったと思ったんですが」

「回収しろと誰かが言っているのかも」

「確実に女神様ではないと思います。それよりハル、早く乗ってください」

「え、やっぱり？」

「当たり前です。ハルの恥の前に、人の命です」

「ちょっと待って。護衛の人たちに声かけてくる」

ハルは護衛リーダーに追いついて並走しながら、イーズのスキルで先に現場に行き、足止めをしておくことを提案する。

「それは君たちに負担がかかりすぎる」

「分かってます。ですが、状況は一刻を争います。俺の水魔法とイーズの足なら、相手を攪乱《かくらん》して足止めするくらいなら可能です。全滅を防げます」

「……分かった、恩に着る。あと、これを。傷用ポーションだ。護衛や乗客で怪我人《けが》がいたら使ってくれ」

「ありがとうございます。預かります。――イーズ、行こう」

「はい。行ってきます」

そう言ってイーズはハルを背負い、その場に小さなつむじ風を残して彼らの視界から一瞬で消えた。


周りの景色が猛スピードで流れ、紅葉の赤や黄色が途切れて緑一色になったところで、山を下り切ったのだと判断する。

地図上の点が、視界の先にある巨大な影の上に徐々に集約されていき、形が完全に重なった。

「ハル！　熊がいます！　戦ってるのは一人、もう一人は倒れてます！」

「うおおお。視界がぶれてなんも見えねぇぇぇぇ」

「ハル、下ろします！　あとはお願いします」

「うおおおけえええ」

大人の足で十分はかかる距離を一分かからず駆け抜けたイーズ。

地面に倒れ伏している護衛の隣にハルを下すと、再度瞬足で駆け出し、もう一人の護衛と戦っている熊型魔獣に突っ込んだ。衝撃波すら起こすイーズの瞬足を食らった魔獣は、周りの木々を薙《な》ぎ倒《たお》しながら吹っ飛ぶ。

「これでいくらか時間が稼げます！　ハル、ポーションは？」

「もう使った！」

倒れていた護衛に目立った外傷はなく、魔獣の強力な殴打で脳震盪《のうしんとう》を起こしていただけだった。ポーションを与えるとすぐに意識が戻り、問題なく会話もできる。

もう一人も細かな傷だけで、巧みに魔獣の攻撃を捌《さば》いていたようだ。ポーションを自分で受け取り、まだ整わない息でハルとイーズに感謝を述べた。

「すまない。助かった」

「間に合ってよかったです。俺たちは往路の馬車に乗っていた冒険者です。足が速い俺たちが馬車の護衛に先行して加勢に来ました。彼らも直に到着します。それまで耐えましょう」

「ああ！　本当にありがとう！　もう、二人とも死ぬしかないのかと……」

「あと一人は？」

「あいつは……逃げやがった」

「自分から後衛を任せろと言い出した時に、嫌な予感がしたんだ。逃げるタイミングを測ってやがった」

「ハル、熊が来る！　備えて！」

「分かった！　すみません、詳しい話はまた。お二人はしばらく休んでいてください。——イーズ、乗客は⁉」

「結界かけた！」

「サンキュ！」

その瞬間、体の芯《しん》まで震わす咆哮《ほうこう》が辺りに響き渡り、それと共に大地を揺るがす地響きを上げて熊型魔獣が駆けてくるのが二人にも見えた。即座にハルは浮かび上がった鑑定結果に目を走らせる。

名前：ブラッドベア
等級：A級
攻撃：爪、噛みつき、突進

近づく魔獣が起こす地の震えを感じながらハルは唇を噛み、虚空を睨《にら》んでスキルが詳細情報を出すのを待つ――出た！

「イーズ！　弱点は……持久力！　時間を稼いでスタミナを削れ！」

「はい！　了解です！」

乗客の心配はいらない。護衛二人も無事。しばらくすればさらに援護の三人が追いつく。だとすると、自分たちがすべきことは魔獣をこの場に縫い止め、彼らが戦線に加わるのを待つだけだ。

ハルとイーズは一瞬視線を絡めて互いにニヤリと笑ってから、迫りくる魔獣の巨体に向き合った。

イーズは魔獣の周囲を低い姿勢で駆け回り、攻撃を掻《か》い潜《くぐ》って魔獣をその場に足止めする。

目の前に振り下ろされる腕を避《よ》け、頭をかじり取ろうとする顔を飛び越え、踏《ふ》み躙《にじ》ろうと立ち上がる魔獣の足の間をすり抜ける。背の高い敵のディフェンスをダッキングして避ける要領で、イーズは魔獣を翻弄《ほんろう》した。

数ヶ月前のバスケットコートを思い出す。練習中の攻撃にまぎれた先輩の嫌がらせ。耳に残った嘲笑《ちょうしょう》。

——あの時は避けられなかったけど、

——あの時は吹っ飛んでしまったけど、

——もう攻撃されたりなんかしない。

あの七月の悪夢はもう見ない。

市川和泉では無理だったけど、イーズなら簡単に乗り越えられる。だってこの戦い《コート》に立っているのは、自分一人じゃない。イーズは右手の短刀を握りしめ、口の端に笑みを浮かべた。

「さ、こっちも負けてられませんねえっと」

前後左右に走り回るイーズを目で追いながら、ハルはまっすぐに伸ばした右腕に左手を添える。

「自分の剣《スキル》が届く距離、攻撃の重さ、速さを体で覚えろ。敵を見ろ」

訓練中のフィーダの言葉だ。訓練でできないことは本番でもできない。逆に、訓練で意識せずにできるようになったことは本番でも自然と体は動くと。

「おっさん、短期間で無茶言うなっての。こっちは戦闘初心者も初心者なんだって」

ハルは苦笑いをこぼし、狙いを定め、魔法を立て続けに放った。水魔法で魔獣の頭を覆い、視界と呼吸を奪う。風魔法で魔獣の四肢を切りつけ、機動力を奪う。

ハルの援護に気づいたイーズは体半分だけ振り返り、ニヤリと口の端を上げて笑う。

「詠唱、忘れてません⁉」

「目と頭、必死！　無理！　ってか、怖いから、敵に集中ううう！」

「グルオオオオ！」

ちょこまかと動き回るイーズに焦《じ》れた魔獣が咆哮を上げる。その口の奥に水魔法を叩《たた》き込《こ》み、今は直接攻撃するスキルを持たないイーズに代わって、ハルは少しずつ魔獣の体力を削っていった。

数分もすれば回復した護衛二人がイーズたちの戦いぶりに感化されて加わり、剣で直接魔獣に切りつけ始める。そうなるとイーズは邪魔になるのでハルの場所まで戻り、魔獣が動こうとする時にのみ援護をした。

それからさほど時間も経《た》たずに、ハルたちの馬車の護衛三人も到着した。その頃には魔獣はすでに地面に倒れ伏せ、息も絶え絶えの状態となっていた。

「とどめを刺そう。最後の抵抗をするかもしれないから、護衛全員で周りを囲んでくれ」

「はい」

襲われた馬車の護衛が魔獣の首後ろに剣を深く刺した瞬間、大きく跳ね上がる巨体に残りの四人が一斉に剣を突き立てた。

断末魔のように高く響いた魔獣の咆哮は徐々に細くなり、やがて消え去った。

戦いの最後は護衛に任せたため、ハルとイーズは少し離れたところから魔獣の最期を眺める。微かに感じる魔獣への罪悪感を振り切りながら、ハルは呟《つぶや》く。

「……やったな」

「フラグ？」

「鑑定でちゃんと死体になってるよ」

「なら安心です。……ハル」

「おう」

「ちょっとだけ気を抜いていいですか？」

「おう、いいぞ？」

「ありがとうございます」

奇妙な受け答えが気になってハルが振り返ると、イーズは両目から大粒の涙を流し、それでも必死に声を我慢している。

勝利の安堵《あんど》と、死の恐怖からの解放。戦いの緊張が切れて一気に湧き上がってきたのだ。ごちゃ混ぜなイーズの心情を読んだかのように、ハルは穏やかな声を出す。

「我慢、すんな」

「ふぅう、でも、隠密切れちゃうかも」

「大丈夫。おっちゃんなら気づいて馬車動かすよ」

「そっかな」

「ほら、我慢しなくていいから」

そう言って軽く両腕を広げるハルに、体当たりをする勢いでイーズは飛び込む。

「ウゴッ」

「ごわがっだでず」

「そうだな。俺も怖かったよ。頑張ったな、イーズ。お前がいなきゃみんな死んでたかもしれない。俺たちは助かっても、こっちの馬車の人たちは助からなかったかもしれない。だから、本当によく頑張ったよ、イーズ」

「一緒にだだがっでぐれで、ありがとうございまず、バル」

「ぶっ、誰だよバルって」

「バドゥゥ」

涙声で濁音まみれのままハルの名を繰り返し呼ぶイーズ。ハルも鼻の奥がツンとしたが、あまりのイーズの様子に苦笑してしまう。

――落ち着くまで待つか。

そんなことを考えていると、こちらを気遣わしげに見る護衛たちと目が合う。視線を少し下げて謝罪の意を示すと、リーダーが手で壊れている馬車と魔獣、護衛を順番に指す。

おそらく護衛たちで馬車の中の人や亡くなった人の対応と、魔獣の処理をしてくれるということだろう。

頷《うなず》きで返してから、ハルはしがみつくイーズを抱えて木の根元に腰を下ろして背を預けた。

木々を揺らす少し冷たく感じる風が、戦闘で興奮した体にはちょうどいい。そうやってしばらくすると、疲れた体の関節が溶けていくような眠りに、ハルはゆっくりと深く落ちていった。


「ハル君、イーズ君」

呼ばれてる。起きなきゃいけないけど、起きたくない。

布団からはみ出てるトコはひんやりしてるけど、布団の中はぬくぬくで、何この絶妙なバランス。

「おおおい、ハールーくーん、イーズーくーん」

まだ呼ばれてる。でもこのけしからん布団が悪い。人をダメにする布団だ。本当にけしからん。

「うーん、だめかな？　ハル！　イーズ！」

「ひゃっ」

「うごっ」

大きな声で呼ばれて目を開けると、イーズの目の前にハルの顔があった。慌てて飛び起きれば、思いっきりハルの顎《あご》に頭を強打し悶絶《もんぜつ》する。

ハルも顎の衝撃で脳天を揺さぶられて悶《もだ》えているがどうでもいい。いや、どうでも良くないけど、今はそれどころじゃない。

「お、やっと起きたね。みんな集まったから、もうそろそろここを移動しようと思ってね」

「みんな？　移動？」

イーズが周りを見渡すと自分たちが乗っていた馬車の乗客、襲われた馬車の乗客と思われる見慣れない顔の人たちと、護衛や御者がこちらを見ているのに気づく。

「す、すみません！」

ガバッと立ち上がってふらつきそうになったイーズを、いつの間にか復活したハルが横から支えてくれた。

「……すみません」

「おう。こっちも悪いな。いつの間にか寝てたわ。んで、俺も今目が覚めた」

ハルはそう言って顔を顰《しか》めて顎をさすりながら、しっかりとした足取りで起こしてくれた護衛の方へと歩いていく。

イーズがその姿を目で追っていくと、その先にこちらを心配そうに見ている女性が見えた。馬車の中でイーズを気遣ってくれた女性だ。

「エリーさん！　無事だった？」

「それはこっちのセリフよ。イーズ君、怪我《けが》はなかった？　木のそばで眠っているのを見た時は、大きな怪我でもして意識がないんじゃないかって本当に心配したのよ」

「うっ、すみません。初めて魔獣と戦って疲れて寝ちゃって」

「こんなチビじゃ体力ねぇわな」

「ぐぅっ」

エリーの旦那《だんな》がイーズを見下ろしてガハハと笑う。言い返したいが、あの時、イーズを信じてくれた男性に強く出られずにイーズは言葉を詰まらせた。

「もう、あんたは。なかなか起きてこないから、魔力枯渇起こしてるんじゃないかと思ったけど、大丈夫そうね」

　エリーの気遣いに胸が温かくなる。だが聞きなれない言葉に首を傾《かし》げた。

「魔力はまだ大丈夫。枯渇すると危ない？」

「気持ちが悪くなったり、意識がなくなったりするわよ」

「そっか。もしかしたら少なくなってて、寝ちゃったのかも。こんなに一気にいっぱい魔法を使ったのは初めてだったし」

「そうかもしれないわね。……さっき倒された魔獣を旦那と見てきたの。あんなのに襲われていたかと思うと、ゾッとしたわ。イーズ君、私たちを助けてくれて本当にありがとう」

「俺からも、ありがとう。よくやったな。護衛代金出してやりたいくらいだ。金ねぇけどな！」

「こちらこそ、とんでもないです！　みんなを守れて良かった！」

　お礼を言いながら、エリーはぎゅっとイーズを抱きしめる。イーズの頬に当たる粗い綿の服のチクチクが、心をふわふわさせる。頑張ったんだと、自分が守った温《ぬく》もりがここにあると、教えてくれているようだった。

「イーズ、こっち来れるか？」

「あ、すぐ行く！　ごめんね、呼ばれてるから行くね」

　ハルに呼ばれ、エリーたちに断りを入れてからその場を抜ける。

　復路便の乗客も一旦《いったん》アブロルに戻ることが決まったため、護衛や御者たちと集まって移動の方法を考えていたらしい。襲われた馬車は使えず、馬も二頭のうち一頭が怪我をしている。さらには倒した魔獣もできれば回収していきたい。

「ここからアブロルまでの距離は？」

「馬の早足で二時間といったとこだ。一番いいのは早馬を出して、国境警備隊か冒険者、それが無理なら、組合の余っとる馬車と護衛をここまで引っ張ってくることだろう」

「それは護衛の誰かを送ろう。どこに頼むにしても、一番話が通しやすい」

護衛リーダーの提案に全員がしばし考えてから頷く。

「んじゃあ、その間にゆっくり進んどくかの。獲物はどうすんで？」

「このままにすると獣に食われるかもしれんな。壊れた馬車の中に突っ込んどけばマシだろうか」

「じゃ、残りの護衛でやろう。他には……特に大丈夫そうだな。では、馬車は襲われた方々と女子供を優先して、歩ける者は歩こう。できれば今夜中に街に入りたい」

御者と護衛たちが結論をつけた後、銘々が動き出す。ハルとイーズは壊れた馬車を魔獣のところまで動かすのを手伝うことにした。

馬車を横に並べてみると、今更ながらに魔獣の巨躯《きょく》に圧倒される。

「それにしてもこんなでっかいブラッドベアがいたとは。前回討伐されたのは六本腕だったが、これも相当だぞ」

「討伐隊から隠れてたのなら、知能が高かった可能性がある。進化する前の個体で良かったな」

「確かに。進化していたらこんな少人数じゃ絶対無理だった。というか援護が来る前に、俺らは細切れになってた。本当に助かった、ありがとう」

「やめてくれ。俺たちは……俺は、最初自分の馬車護衛任務を優先した。だから、お礼を受け取る権利はない。実際、着いてからもそんなに役に立ってない」

「違いない。ハルとイーズがいなきゃ、馬車を離れられなかったし、お前たちを助けられなかっただろう」

「そうか、では改めてハルとイーズに礼を言わねばな」

護衛たちの作業を手伝いながら彼らの会話を聞いていると、話の流れが自分たちに向く。護衛全員がおもむろに二人へと向き直り、そしてそろって深々と頭を下げ口々に礼の言葉を述べだした。

「君たち二人の協力に、心から感謝と、そして敬意を」

「二台の馬車の乗客と俺たち護衛の命を救ったのは、確実に君たちだ。誇りに思っていい」

「仲間の命を救ってくれてありがとう。仲間を見捨てる判断を下さずに済んだ自分の心も救われた。本当にありがとう」

「本来なら護衛の俺たちが責任を持って対応すべきところを、子供の君たちに負担をかける作戦をとらせてしまった。申し訳ない。組合からは協力の御礼を出すように上に掛け合っておこう」

ガタイのいい大人たちから雨のように浴びせられる謝辞に、イーズは驚いて反射的にハルの後ろに隠れようとする。

「こらこら、せっかくお礼してくれてるんだから、隠れないの。失礼でしょうが」

「で、でも……」

「ほら、きちんと向き合って。こういうことは大事なことだ」

わちゃわちゃしている二人の様子を微笑《ほほえ》ましく見られていることとなんて、自分のことに必死で気づかないイーズ。無駄な抵抗をするが結局、ハルの隣に立たされてしまった。

ハルは満足気にイーズを見下ろしてから、まず先に護衛たちに向き合い姿勢を正す。

「温かい言葉をありがとうございます。俺たちがとった行動が、皆さんの任務を妨げるものにならなかったことに安心しています。正直、人の生死がかかっている事態に直面したのは初めてでしたので、無茶をしてしまったと反省していますが。あ、でも、お金もらえるなら嬉《うれ》しいです！」

最後、場を和ませるようにお金のことを出すハルに、護衛たちから笑いが漏れる。

〝ほら、イーズも〟とハルに促されて、トトッと少しだけイーズは前に出る。護衛たちの目が一斉に自分に向き、緊張と気恥ずかしさでイーズの顔が赤く染まった。

「……怪我は、もう大丈夫？」

「ああ、問題ない」

「なら、良かった。あと……スキルのこと、黙っててくれる？」

「‼　あ、ああ。調書は取られるだろうが、できる限り君のスキルは伏せておこう。大丈夫だ。スキルは冒険者にとって切り札だから、突っ込んで聞かれたりしないだろう」

「良かった！　それに、全員助かって良かったです！」

照れた顔から心配そうな表情、そして最後、満面の喜びを見せるイーズに、護衛たちの心臓が高速で撃ち抜かれる幻影をハルは見た。

――タラシめ。

後に、護衛たちはイーズが冒険者見習いだと知っていながらなぜか十歳くらいだと思っていた、というのをハルは知る。そして本人には絶対に言わない方がいい、という賢明な判断を下したのだった。

魔獣襲撃現場から馬車と並んで歩くこと一時間、警備隊が馬車を伴ってやってきた。護衛数名はこれから警備隊と共に魔獣の死骸《しがい》回収に向かうのだとか。お仕事、ご苦労様である。

その後、全員の客を乗せた馬車二台は街道を順調に進み、日暮れ前には無事国境都市アブロルに到着した。高くそびえる城壁を見て、乗客の顔に笑みが広がりねぎらいの言葉が飛び交う。もちろん、ハルとイーズへの感謝も。

喜ばしいことに宿を取っていない乗客には警備隊の宿舎が提供された。翌朝、警備隊の詰め所で聞き取りがある二人も必然的にここに泊まることになった。ダラダラした朝は諦《あきら》めるしかないが、義務は果たさなければ。もしかしたら金一封の話が出るかもしれないと、ハルは薄笑いを浮かべる。

案内された飾り気のない簡素な部屋をぐるりと見回し、イーズは〝屋根と平らな寝床があれば十分〟と笑ったフィーダを思い出す。組合の宿舎も同じ感じだろうかと想像して胸の奥が少しくすぐったい。そんなイーズの後ろから、ハルが首をゴキゴキと鳴らしながら声をかけた。

「イーズ、温かいお茶と甘いもん食いたい。お菓子は出すからお茶頼んでいい？」

「はい。今から夕食を食べに外に出るのも面倒くさいですもんね。軽食もいります？」

「うーん、微妙な時間だからな。お菓子だけにしようかな」

「今日だけですよ」

「母親みたいだな」

「こんな大きな子供はいりませんね」

「イーズはチビ……」

「お茶、どうぞ」

ドンッとお茶をわずかに飛び散らしてハルの前にカップを置く。マジックバッグの時間停止効果のおかげでまだ温かい。イーズはハルの正面に座り、カップの温もりで手を温めながらポツリと呟《つぶや》く。

「冒険者として生きるのは……大変そうですね」

「そうだな。デビュー戦がいきなり高ランクの魔獣だったってのもあるけど」

「ああ、そうでした。普通は低ランクの魔獣から慣らすんでしたね」

「慣らすのは確実に必要だな。ジャステッドでフィーダを待ちながら、ゆっくり経験を積んでいこう。戦う技術はこの世界では必須《ひっす》だし、スキルも使いこなせていないと、いざという時に的確な判断が下せないから」

ハルの意見には賛成で、イーズはこくりと頷《うなず》く。そして戦いの後に聞いた魔力枯渇のことを思い出してハルに伝えた。

「なるほど。戦いで安心したにしては急激に眠くなったのはそのせいだったんだ」

「緊張が切れたせいだと思ってました」

「俺も。これまで魔力なんて意識してなかったから、気をつけないと危険だな」

「完全に枯渇してたら黒髪に戻ってたかもしれないって気づいた時はちょっと焦りました」

「あ！　本当だ！　ってか、イーズ、どれだけ並行してスキル使ってた？」

ハルの質問に、イーズは今日使った魔法を振り返る。二人の髪の毛の色を変化させる偽装スキル、周囲の敵の感知スキルは常に展開している。それに加えてハルを背負って山を駆け下り、その後も魔獣の周りを瞬足で駆け回った。

指折り一つ一つ上げていくと、ハルが呆《あき》れた顔をする。

「そんなに使ってたのか。そりゃ、枯渇しなかったのが逆にラッキーだったな。それに気づいたけど、瞬足って俺を背負うことといい、熊を蹴《け》ってぶっ飛ばすことといい、足だけじゃなくって全身をパワーアップさせてない？」

「た、確かに……新たな才能の目覚めだと思ってました」

「明らかに違うっしょ。んな女の子みたいなほっそい腕で俺を担ぐなんて変だと思ってたんだよね」

ちらりと視線を向けられ、イーズは思わず体の前面で腕をバッに組む。

「そそそそそんな言い方はおっさんですー、偏見ですー」

「ああん？　そんなことは髭《ひげ》の一本でも生えてから言え」

「ぐうぅ」

夕方になって伸び始めた髭を擦《こす》り、ハルは目を細める。目の前で盛大に視線を逸《そ》らしたイーズの肌は、成長期前だとか変声期前だとかを抜いても滑らかだ。ハルはほわっと浮かんだあくびを噛《か》み殺《ころ》し、話題を元に戻す。

「まぁ、とりあえず戦闘中はステータスを確認する癖をつけよう。敵の目の前で意識を失うのが一番怖いからな」

「は、はい。了解です。気をつけます」

揃《そろ》えた指先をこめかみにあて、イーズはニカリとスタンプで押したかのような完璧《かんぺき》な笑みで答える。ハルはスンッと瞳《ひとみ》から光を消して、カップに残ったお茶を勢いよく飲み干した。

「……寝るか」

「そうですね。寝ましょう。寝て全てを忘れましょう」

パンッと両手を合わせたイーズに、ハルはふっと力の抜けた笑いを浮かべる。

ラズルシード国内最後の馬車旅は波瀾万丈《はらんばんじょう》ではあったが、なんとか無事に乗り越えられた。今日のところは自分たちの頑張りを褒めて、久々のベッドで眠りにつこう。

この都市に入った時に見えた、北にそびえる城壁。あれを越えれば、自分たちの最初の目的は果たされる。

二人のラズルシード王国脱出まで――あと六日。

翌日、イーズはハルと一緒に警備隊詰所に行くことができなかった。

昨日スキルを連続して使ったためか、もしくは魔獣との戦いによる緊張感からか、はたまた旅の疲れなのか、高熱が出てしまったからだ。

物は試しだと、日本から持ってきた化膿《かのうど》止めがパワーアップしたキュアポーションを飲んでみると瞬く間に熱が下がった。怖いぐらいすごい。それでも体は疲れているのだから部屋で休むよう、ハルに諭される。

「ハル、ごめんなさい」

「気にすんな。しっかり休んどけ」

「ありがとう」

「じゃ、行ってくる」

「行ってらっしゃい」

昨日までの旅装から、街の中を観光する時の軽装に着替えたハルが部屋を出るのを見送る。

久しぶりの一人だけの空間に肌寒さを感じ、イーズは猫のように丸くなって眠りについた。

一方、部屋を出て護衛メンバーと合流した瞬間から、ハルは護衛たちの様子に妙な引っ掛かりを覚えていた。彼の鑑定スキルの心理眼が、護衛たちの感情の動きが昨日とは異なることを伝えてくる。

どこかこちらを案じるような気配。イーズが熱を出して休んでいるからだろうか。それにしては、ハルを心配そうな眼差しで見るのはなぜか。

「……何か、ありましたか?」

「なんだい、ハル」

「皆さんの様子が昨日と違うように感じて。何か悪いことでもありましたか?」

「ハルは鋭いな。ちょっとな、今日の聞き取りにある人が同席すると聞いて、少し不安になってるだけだ」

「俺たちもなんでそいつが来るのか、よく分かんねぇんだが」

「誰です？」

「ここアブロルの冒険者ギルド、副ギルド長サマだ」

護衛の一人がわずかに鼻で笑うようにしてその人物の立場を告げる。そしてハルが何か聞き返す前に続ける。

「こいつがよ、元々貴族だった、というか今も貴族なんだけど、貴族ってわけで、国との連携が多い国境ギルドに赴任したんだがな。冒険者として役に立たないスキルしか持ってないせいで、舐《な》められっぱなしなわけよ」

「それで、〝良い〟スキルを持った冒険者、特に若い奴《やつ》を目の敵にしてるって噂《うわさ》」

「それが、どうして今回の件に？」

この世界に来て初めて直接対面する貴族にハルは眉《まゆ》を顰《ひそ》める。

「前の討伐隊にギルドも協力してたから、それの撃ち漏らしが出たって話になってるのかもしれん」

「撃ち漏らした強力な魔獣を、若い冒険者がスキルを使って討伐したとか言われたら、そりゃ出張ってきそうだな」

「最終的にトドメを刺したのは皆さんなのに？」

「そこは関係ないんじゃないか？　活躍する奴は憎いんだろ」

「それはなんとも……理不尽な逆恨みでしかないような気がします」

ハルの言葉に護衛たちが揃って肩をすくめる。

「まさにその通り」

「俺らがカバーできるところはするが、風当たりが強くなるかもしれんのは覚悟しとけ」

「ハルは気が長そうだが、変に煽《あお》られてもブチ切れたりするなよ」

「頑張ります」

にわかに雲行きが怪しくなった。副ギルド長の勝手な逆恨みのせいで国境越えができない、とかなったら最悪だ。この場にイーズがいないのはよかったかもしれない。あいつはさらに年若いというか印象は幼い。そんな冒険者の活躍は目の敵にされるに違いない。

ハルは大きく息を吐いて、詰所に入っていく護衛の後に続いた。


「なんだ。屈強そうなのが来るかと思ったら、どっかの坊ちゃんのようなナリじゃないか。こんなので戦えるのかね」

部屋に案内されて入るなり飛んできた言葉に、ハルは一瞬止まりそうになる足を動かし、前の護衛に続き壁を背にして並ぶ。

「副ギルド長、お言葉に気をつけてください。彼は我ら組合の護衛や乗客を救ってくれた冒険者です。いわば英雄です。あなたのお立場であれば、褒めて冒険者ランクをアップさせてもいいほどの貢献ではないですか」

「そうですかね。護衛が五人もいる。全く出番などなかったんじゃないか？　たまに、最後トドメだけ奪って権利を主張する奴もいると聞くからな」

「副ギルド長！　失礼ですぞ！」

入ってきた自分たちを放置して唐突に始まった組合のお偉いさんっぽい人と副ギルド長の喧嘩《けんか》。

どうしていいか分からずハルは護衛たちと戸惑った視線を交わし、残る警備隊隊長らしき人へ向き直る。その人は頭痛を我慢できないような顔をして首を緩く振った後、言い合いを続ける二人を無視してハルたちに声をかけた。

「君たち、今日はよく来てくれた。とりあえず、そこに座ってくれ。昨日のうちに組合と警備隊を通して大まかな報告はもらっている。これらの情報の確認をさせてもらうので、もし内容に間違いがあったら言ってくれ」

「待ってください、隊長」

「……何ですか、副ギルド長」

「報告では、冒険者は二名とあったはず。なぜここに一人しか来ていないのかね？」

「……発言をしてもよろしいでしょうか」

明らかにハルを敵視した目をして、イーズの不在を指摘してくる副ギルド長。発言の許可を隊長に求めると、今日は誰も貴族として参加しているわけではないので、立場は気にしなくて良いと告げられた。

「ありがとうございます。冒険者ギルドの副ギルド長とお見受けします。私はＦ級冒険者のハルと申します。先ほどのご質問ですが、私の弟であるイーズは、昨日の戦闘で無理をしたせいか今朝から発熱しておりました。ポーションにて病状は落ち着きましたが、まだ幼いため部屋で安静にさせております」

「ふんっ、平民のくせに慇懃《いんぎん》な喋《しゃべ》りをしよって。幼いと言っても半年もすれば成人らしいじゃないか。何かやましいことでもあって、ベラベラ喋ってほしくないから連れてこなかっただけじゃないかね？」

「決してそういうわけでは――」

副ギルド長の意地の悪い勘ぐりに、ハルが否定をしようとした時、部屋の扉がノックされた。隊長はハルと副ギルド長に制止するように掌を向け、扉に返事をする。

「用件を言え」

「お話中失礼いたします。こちらにハルという冒険者はいらっしゃいますでしょうか？」

「いるが、それがどうした？」

「その方の弟さんと言う方がいらしています」

「イーズが？　すみません、何で……」

扉の向こうからの隊員の言葉に、驚いてハルは席を立ち上がり扉へ駆け寄ろうとする。

「ほう！　良いじゃないかね！　入れたまえ！」

その背に副ギルド長の甲高い声が飛んできて、思わず振り返った。

「何だね。弟さんが何か報告したいことでもあるのでは？」

ニヤリと嫌な笑みを浮かべる副ギルド長。

イラッとしたハルは思わず、人には掛けないようにしていた鑑定をかけてしまった。そしてそこに書かれていた情報にわずかに固まる。

「——すみません、お入れしてもよろしいでしょうか？」

「仕方がない。入れたまえ」

扉の向こうにいる隊員の質問に隊長はため息をついて返答する。

扉が開いて隊員の後ろからイーズが顔を見せた。室内の会話を漏れ聞いていたのか、その顔は不安げだ。鑑定結果を見て少し考え込んでいたハルは、思わず駆け寄ってイーズの頭を撫《な》でながら優しく尋ねた。

「兄ちゃ、ごめ……」

「どうしたんだ？　部屋で寝ておけと言っただろう？」

「あのね、」

「ん？」

「起きたらね、兄ちゃんいなくてね？」

「寂しくなったか？」

「ごめんなさい」

「いいんだよ。こっちのおじさんが聞きたいことがあるって言ってるんだけど、大丈夫か？　辛《つら》くないか？」

「おじさんが？」

　ハルは自分が座っていた席までイーズを案内して座らせ、その隣に立つ。椅子の向かいには三人のおじさんがいるため、誰を指しているのか分からず、イーズはハルを仰ぎ見た。

「あっちのね、副ギルド長だよ」

　そう言ってイーズの耳に何かを囁《ささや》く。

「副ギルド長さん？　冒険者ギルドの？」

「そうだ。冒険者ギルドのお偉いさんだ」

「カッコいい！　おじさん、すごい人なんだね！」

　イーズが入ってきてから、どこか気が抜けたように様子を見ていた副ギルド長は、イーズに声をかけられ慌てて取ってつけたように咳払《せきばら》いをした。

「ゴホンッ、か、会議の場に後から入ってくるのは良くないな。これからは気をつけたまえ。私は冒険者ギルド副ギルド長のイーゼルドと言う」

「遅れて入ってごめんなさい。イーゼルド副ギルド長さん、お名前がイーズと似てるね。あ、ボクはイーズです！　見習い冒険者です！」

「そ、そうかい……おい、ハルと言ったな。君には二人弟がいるのかね？」

「いえ？　イーズだけですが。それが何か？」

「調書には弟は半年で成人とあったが」

「はい！　ボク、あと半年で成人です！」

「……君が、かね？」

「はい！」

副ギルド長とイーズの会話に、ハルは笑い出しそうになる。

副ギルド長は明らかに幼いイーズに困惑している。きっともうこの副ギルド長はイチャモンをつけてきたりしないだろう。

ハルは再度、副ギルド長の鑑定結果のある項目を見つめる。そこには、こう書かれていた。

好きな物：猫、小動物

イーズが部屋に入ってきた時、ハルは思わず〝勝った〟と思った。だって、どう考えても、副ギルド長はイーズには勝てない。

「イーゼルド副ギルド長さん、カッコいい！」

「そ、そうかい？」

この勝負、俺たちの勝ちだ。


案の定、そこからの聞き取りは拍子抜けするくらい簡単なものだった。懸念だった副ギルド長の言いがかりもなく、隊長や乗合馬車組合支部長の質問にいくつか答えただけで終わった。

質問が進められる間中、部屋の隅の応接セットで、イーズが副ギルド長の相手をしていたからだ。

「それでね、兄ちゃんがボンッて水魔法撃ってね。ゴエーさんがザクッシュバッて剣を振ってね。みんなすっごいカッコよかったんだよ」

「そうかい、そうかい」

「イーゼルドおじちゃん、このお菓子美味《おい》しいね！　あのね、お母さんのね、手作りのバリバリガリガリしたクッキーも美味しかったんだよ。もう食べられないけど……」

「そ、そうかい。いっぱい食べていくといい」

「ありがとう、おじちゃん！」

二人の会話を聞いてると吹き出しそうになり、ハルはその日の夜筋肉痛になるくらい腹筋が鍛えられた。イーズと副ギルド長は最後には互いに〝イーゼおじちゃん〟、〝イーズ君〟と呼び合うようにまでなっていた。

イーズ怖い、なんて思ったハルがいたとかいなかったとか。


聞き取りの間に、有益な情報も手に入った。

まず、冒険者ギルドと組合それぞれからお金が出されるということ。

ギルドは高ランクの魔獣討伐の報酬として、また組合からは護衛並びに乗客救助の謝礼金として、少なくない額のお金を受け取ることになった。組合からお金をもらえるとは聞いていたが、ギルドからも出るとなって正直嬉《うれ》しい。

次に、逃げた護衛へキルトが現場付近で警備隊に保護されたが、護衛任務放棄の罪に問われているということ。

当初本人は救助を呼ぶために仕方なく戦闘から離れたと主張し、残り二人の護衛の証言と真っ向から対立した。これを受けて、乗合馬車組合は商人ギルドに真偽判定の依頼を出すことを決定。それを告げられた途端、ヘキルトは主張を取り下げ逃走の事実を認めたらしい。

この真偽判定とは、商人ギルドが取り扱う鑑定の一種で、様々な骨董《こっとう》品や芸術品の判定より何倍、時には何十倍も費用は高額。理由は判定結果がそのまま犯罪の証拠となり、裁判の判決に大きく影響するからだ。

注目すべきは偽証と判定された場合、高額な判定費用を偽証者当人が払うというシステム。ゆえに真偽判定を商人ギルドに依頼すると判断された時点で、偽証者は証言を翻すことが多々あるという。

まさに今回がそのケースである。乗客二名が亡くなったのは彼の逃走前であったため罪とはならない。ただし、残りの乗客の護衛任務放棄、及び職務放棄の罪に対しては有罪が確定した。

お金を払うより、犯罪履歴がついた方がマシと判断するくらい高額……と二人は判定費用を想像するだけで身を震わせた。

たっぷり午前中を使った聞き取りが終わり、これで魔獣襲撃に関して二人が関わることもほぼない。報奨金以外は。

二人は警備隊詰所を後にして、部屋でイーズのマジックバッグから出したポテトスナックをボリボリしながら今朝の出来事について話す。

「んで、イーズはなんであんなすぐに詰所に来たんだ？　ちゃんと休んだか？」

「十分くらいは寝ましたよ。でも目が覚めた時の習慣で地図を見たら、ハルの近くに敵表示があって、もう驚いたのなんの。慌てて詰所まで走ったんです。隊員の人に泣きついちゃいましたよ、〝兄ちゃんが～〟って。ちょっと恥ずかしかったです」

「なるほどな。でも、恥を捨てたその判断には本当に助かったよ」

そう言ってハルは、副ギルド長がどういう人物だったのかをイーズに説明する。イーズにとって副ギルド長は最初から最後まで、ただのいいおじさんだったからだ。

「なるほど。ハルが〝幼く見せろ〟なんて言ってくるから何事かと思いました。敵だと思ってた人は、なぜか部屋に入ってこっち見た途端、表示が赤から黄色に変わっちゃいましたし」

「黄色に？　だったらイーズが最初からその場に居たら、そこまで面倒な人じゃなかったかもな」

「かもしれないですね。人を小動物のくくりに入れるのは、解せませんが」

「小人間と書いてショタ……」

「ハル？」

「フゴッ」

瞬足スキルを使い、つむじ風のように素早い身のこなしでスティック型のスナックをハルの鼻に華麗に突っ込んだイーズ。その後に己の手をマジマジと見つめる。

「食べ物で遊ぶのは良くないですね。激しく心が痛みます」

「……痛むのは俺の鼻だ。もうしないでくれ」

「ハルの鼻の穴の安全は、ハルの発言にかかっています」

「心に刻みました」

「それでよろしい」

その後、二人は警備隊の宿舎から護衛オススメの宿屋に場所を移した。何がオススメってそれは当然食事以外あるはずもない。もちろん、イーズ的に。

「これでアブロル観光に移れますか？」

「そうだな。報奨金が出るまで数日待ってほしいとは言われたけど、それ以外は自由にしていいと思う」

「旅の間にたっぷり口コミ情報はチェックしましたからね。計画的に回っていきましょう」

「あ、忘れてた。明日は護衛メンバーと食事だ。都合が合えば、御者のおっさんも来るって」

「了解です。是非奢《おご》ってもらいましょう」

「奢られる前提？」

「そうなる未来を手繰り寄せるのですよ。どっちみちこの世界の人ほどには食べられないのは分かってますし」

「奢る側としてはありがたい胃だな」

「経済的です」

こうして翌日からの大まかな予定が決まった。

次の日の朝、二人は観光の前に国境検問所に行き、国境を越える際に必要な書類を受け取ってから冒険者ギルドに向かう。この書類は自分で記入するだけでもいいが、誰かの推薦や身元保証があった方が検問でスムーズに行くと馬車の中で聞いた。

そして当然だが冒険者の多くは冒険者ギルドに保証してもらう。国境都市のギルドであれば、毎日というほど同じ書類を処理しているだろうからおそらくすぐ済むだろう。そうしてたどり着いたギルドで——

「イーゼおじちゃん！　お仕事お疲れ様です！」

「おお！　イーズ君じゃないか！　今日はどうしたんだい？」

「コッキョー出る時の書類を書いてもらいに来ました！」

「そうかい、そうかい。どれ、私が一筆書いてあげよう。受付だけの処理より、保証の信用度が高くなるはずだ」

「本当に!?　イーゼおじちゃんは偉い人だもんね。すごいカッコいいね！」

「そうだろう、そうだろう。それにしてもイーズ君がタジェリアに行ってしまうとは……ずっとこの都市にいる気はないのかい？」

「うーん、ここは楽しいけど、お父さん見つけに行きたいの。お母さんが死んだことも知らないかもしれないから。ボクのこと、忘れちゃってるかもしれないけど……」

「そうかい……ゴホン。ここではなんだ。書類の記入もあることだし、私の部屋に来るといい。君もだ、あーっと、ハルだったな？」

「はい」

「では行くぞ、イーズ君」

「副ギルド長のお部屋？　入れてくれるの？　嬉しいなぁ」

「そうかい、そうかい。後でお茶とお菓子も運んでもらおうな」

「本当⁉　やったぁ！」

冒険者ギルドに入ってすぐに始まった、イーズとイーゼルド副ギルド長のラブラブな会話。

普段は不機嫌で嫌味ったらしい副ギルド長が、満面の笑みで話している。しかも、これまで一度もなったことがない、冒険者の身元保証を率先して自分がすると言っている。あいつら、何者？

そんな周りからの視線が痛いほど飛んでくるが、イーズは気にする様子もないので一番の視線の的はハルである。背中が穴ボッコになりそうだ。

――早くどっか行きてぇ。

そんなハルの心を読んだのか――絶対に違うという確信はある――副ギルド長が部屋に招いてくれた。その瞬間周囲のざわつきが大きくなったが、ハルはとっととその場から移動することを優先した。

「でね、今日はね、ポルペッタを食べに行くの。一緒の馬車に乗ってたエリーさんに教えてもらったんだよ。イーゼおじちゃんは食べたことある？」

「もちろん、あるぞ。この季節が丁度収穫の時期だ。いい時に来たな」

「エリーさんもそう言ってた！　楽しみだなぁ。ボクのお小遣いでも買えるかな」

「そんなに高いものではないから心配しなくていい。そうだ、私の屋敷にも届いていたから、後で家の者に宿へ届けるよう言っておこう」

「いいの？　おじちゃんのお家《うち》の人もい━━っぱい食べたいでしょ。ボク、ちゃんと我慢できるよ」

「心配するでない。ポルペッタが取れる農園を持ってるから、毎年要らんと言っても農家がそれぞれ大量に送ってきよる。家の者も季節が終わる頃にはいつもうんざりしておるからな。イーズ君、私を助けてくれんかね？」

「それだったらいいよ！　助けてあげる。美味しいものは美味しい〜って食べたいもんね！」

「そうだろう、そうだろう」

――俺、ここに要るのかな。

すでに書類を書いてもらった後、出されたお茶とお菓子を美味しくいただきながら、ハルはぼんやりと思う。イーズはちゃっかり、この都市の特産品を大量にもらう約束までしている。本当に抜け目ない。

そんな温度差の激しい部屋に突然荒いノックが響き、ほぼ同時に扉が乱暴に開けられた。

「イーゼルド！　ここにトリプルと早熟が来たって聞いたぞ！」

そう言って入ってきたのは、

「クマさん？」

森で落とし物を拾ってくれそうなクマだった。そのクマのような大きな男はぎょろりとした目で室内を見回し、ハルとイーズをまじまじと観察する。

「お、もしや、こいつらか？　ん？　弟はもうすぐ成人するって聞いてたが、別の奴《やつ》か？」

「ボク、あと半年で成人！」

「ちびっ子、背伸びしたいのは分かるが、バレバレの嘘はあかんぞ。どう見ても成人の半分くらいだろ」

「い、今までで一番幼く見られてるぅ！」

腕まで毛の生えていそうなクマ男を見上げ、涙目になるイーズ。慌ててイーゼルドが助け舟を出した。

「ギルド長、イーズ君は確かに十四歳ですよ。私が保証します」

「ほう、イーゼルドが？　なるほどな。んで、こっちがトリプルか？」

「確認はしてませんが、おそらくそうかと。――すまない、イーズ君、それとハル。少し確認したいことがあって、この部屋でギルド長が来るまで引き止めさせてもらった」

「イーゼおじちゃん、ボクとお話ししたかったんじゃないの？」

「イ、イーズ君！　違うんだ。もちろんイーズ君とお話ししたかったに決まっている！」

「ん、お仕事だから仕方ないよね。ボク分かってるよ」

「おい、クマ！　お前のせいだぞ！」

「あーあーあー、とりあえずとっとと話し始めんぞ」

場が若干カオスだが、このクマさん、もといギルド長は強引に話を進めることにしたようだ。あと、イーズの演技で追い詰められている副ギルド長が酷《ひど》く可哀想《かわいそう》でしかたない。

イーズが俯《うつむ》いた顔からチラリとハルに視線を合わせニンマリと笑ったのを見て、心底怖いとハルは体を震わせた。


「俺がトリプル？」

「ボクがソージュク？」

「そうだ。お前ら知らんのか？　早熟は一般的じゃないが、ダブルとトリプルは常識だろう」

「数ヶ月前の成人直前まで、俺たちは一般常識を知る機会がない場にいました。ある程度の教養は身につけていますが、偏っていると実感しています。正直、冒険者の常識も足りないですね」

「だからね、毎日いっぱい魔獣の本読んで勉強してるんだよ。薬草図鑑も」

「そうかい、そうかい。自分の知らない知識を補おうとする姿勢はとても素晴らしい」

「なるほどな、家庭の事情ってやつか。父親探しに隣の国行くんだって？　当てはあるのか？」

「あまりないです。茶葉を多く取り扱う商会だということ、魔法が得意だということ、何年かに一回は王都に来ていた、ということぐらいでしょうか」

「だいぶ薄い手がかりだな。そんな状態で国を出るのか？」

「家に居られなくなりましたし、自分たちの世界だけじゃなく、広く回ってみたいという夢をいっそのこと叶《かな》えようと思いまして。父親はついでです」

嘘は真実を織り交ぜると信憑性《しんぴょうせい》が増す、と言っていたのは誰だったか。異世界に来たタイミングや旅の目的は事実だ。冷遇された兄弟設定としては十分だろう。

ハルの説明でギルド長も納得してくれたようだ。

「分かった。とりあえず、トリプルの説明をしよう」

ギルド長の説明によれば、ダブルやトリプルは持っているスキルの数を表しているとのこと。しかし、〝一般スキル〟を二つ持っていてもダブルとは呼ばれない。木工スキルと加工スキル、剣術スキルと盾スキルなどの組み合わせだ。

ダブルは〝魔法スキル〟と〝特殊スキル〟の中で二つ持っている人を指す。魔法スキルの中で二つでも、魔法スキルと特殊スキル一つずつでもいい。

「あー、分かってきました」

「そうだ。お前さん、〝魔法スキル〟と〝特殊スキル〟で三つ持ってるだろう？　ギルドの依頼履歴に鑑定スキル持ちとあった。馬車での移動最中に水魔法を使っていたのも分かっている。そして、今回の魔獣との戦闘で明らかに風魔法が使われた痕跡《こんせき》があった……護衛の奴らは隠そうとしたようだがな。話を少しずつ照らし合わせると、風魔法はお前さんが使ったんだろうって結論が出た。

——ハル、お前はトリプルだな？」

顔面の半分を覆う髭《ひげ》の奥から、鋭い眼光がハルを刺す。流石《さすが》辺境ギルドのトップに立つ男。

その圧に負けないように、ハルはあえてヘラリと顔から力を抜いた。

「もし、仮に、もしそうだとして、何か問題が発生しますか？」

「何もねぇな。俺が確認したかっただけだ」

「は、はい？　そうなんです？」

「興味本位だ。トリプルと会うのはダンジョン外でドラゴンに遭遇するくらいレアだからな。ドラゴンに会ったら死ぬが、トリプルだったら死なねぇ。会っといて損はないだろ？」

「そ、そういうものなんですね。えっと、で、あれば。そうですね、自分はトリプルです」

「兄ちゃん、ドラゴン並みにレア!?」

「いかにも、いかにも。あとレア度で言えば、イーズ君が上となる」

「ボク？」

ハルに続き自分までレアと言われ、イーズは自分を指差しながら首を傾《かし》げた。その仕草に、イーゼルドの眉《まゆ》がこれ以上ないくらい垂れ下がる。

「その通り。早熟は成人前にスキルが発現する人を指すが、歴史上五人もいない。そしてイーズ君は早熟な上に、おそらくダブルだろう」

「ソージュクのダブル！」

「ええ、ええ。おそらく結界に類するスキルと、身体強化系か走破スキルが発現している、と私は推測している」

「あのね、兄ちゃんとか大切な人を守りたいとか、兄ちゃん連れて逃げたいって思うとできるんだよ」

「なるほど、なるほど。イーズ君の優しさがスキル発現に繋《つな》がったということだね。素晴らしい！」

デレデレの顔でイーズを褒めまくるイーゼルドを見て、ギルド長が体を引きながら目を逸《そ》らす。

彼はあえてそちらを視界に入れないようにしながら、ハルに話を振った。

「ちなみに、タジェリア王国に喚《よ》ばれた災害級異世界人は、実はこの国生まれの早熟でクアッドだったんじゃないかって説もあるな」

「え？」

「なんか喚ばれたタイミング的に一級ダンジョン氾濫《はんらん》とズレがあるからそう提唱する学者もいるらしい。ま、異世界人説の方が有力だがな」

「……興味深い説ですね。ちなみにクアッドって四つってことですよね」

「そうだな。歴史上でクアッドがいたっていう記録はないから伝説級のレアだな」

「ですよね」

――クアッドだとは絶対にバレないようにしよう。

ハルは心に誓った。ちなみにハルが今持っているスキルは鑑定眼、交渉、水魔法、風魔法の四つ、つまりクアッド。もうこれ以上は増えることはないのである意味安心だ。

一方、イーズは隠密、瞬足、感知ですでにトリプルである。恐ろしいことにまだ成人の儀を受けていないので、さらに増えるのは確実。しかもあの女神のことだ。もらえるスキルが一つだけではない可能性が高い。

早熟で伝説級のクアッドのさらに上……バレたらまずいことになるのは間違いない。絶対に隠し通そう、と二人は視線で会話した。


身分証明書類を受け取ってお礼を言いギルドを後にする二人を、ギルド長と副ギルド長は部屋の窓から見送る。

「商人の父親と貴族の母親、どっちの家系か分からんが、賢者の血が濃く出たな」

「それと、イーズ君は過酷な環境に置かれ、必要に駆られて成人前にスキルを発現した可能性がありますね」

「その情報は秘匿だ。子供を集めて異常な訓練をし、無理矢理早熟させる実験をする奴が現れんとも限らん」

「分かっています」

「……にしても、小さいな」

「ええ、とても。虐待でろくに食べれていなかったのでしょう。今も食事量は多くないようです。兄の方はなんとか上背がありますが、イーズ君の方は成長の見込みは薄いかもしれません」

「可哀想なものだな。冒険者としてやっていくには、体格に恵まれている奴らが圧倒的に有利だ。兄はヒョロイがトリプルなら、上手《うま》くやればA級に届くかもしれん」

「イーズ君は非力ですし、攻撃スキルもないので大成するのは難しいでしょう。幼くしてすでに辛《つら》い目にあっているのに……この都市にいる間だけでも、私が目をかけておこうと思います」

「お前がか？　それは、まぁ、ほどほどにしておけよ」

「はい。では早速、家の者にポルペッタを届けるよう言わねば。それでは私は失礼します」

〝二十箱もあれば足りますかね〟と呟《つぶや》きながら、副ギルド長は家の者を呼ぶため自分の執務室から出ていった。その場にギルド長を残して。

「おい、俺をここに置いていっていいのかよ。部屋の鍵《かぎ》閉めろよ。あと二人で二十箱のポルペッタは完全に嫌がらせだ」

文句を言いながら部屋を出るギルド長。

しかしながらこの日の夕方、イーズとハルが泊まる宿に五十箱ものポルペッタが届き、二人は頬を引《ひ》き攣《つ》らせた。半分以上部屋に運び込んだが、マジックバッグを持っているとも言えない。でもそのままにするには流石に多すぎて邪魔なので、残りは宿の主人と一緒になって周辺の店に配って回った。もちろん、宿の主人にも無料で提供して大変感謝された。

国境都市滞在四日目。昨夜護衛たちに食事を奢《おご》ってもらった時に仕入れたオススメの酒屋を周る予定となっている。これはハルたっての希望である。

通りを歩く二人の間で熱く交わされている話題は、宿に届けられた二十キロものブラッドベアの肉について。

冒険者ギルドで解体が終わり、素材は換金され報奨金の一部にされるというが、肉は討伐した本人たちに優先権が与えられるらしい。昨夜お金に変えて受け取るか、肉で受け取るか確認され、二人は迷わず〝肉〟と答えた。それを先ほどギルド配達員から受け取ったのだ。

「自分が戦った魔獣の肉を持ってきてもらえるとは思いませんでした」

「組合が全取りかと思ってたのに、配慮してくれたんだな」

「熊肉って食べられるんですね。なんでも食べるハルではあるまいし」

イーズの言葉にハルが憮然《ぶぜん》と口を尖《とが》らす。

「絶対俺じゃない、イーズだろ。で、肉二十キロ近くあるのはどうする？　マジックバッグに入れておけばいいけど、食う時に塊肉だと困るな。俺、熊の魔獣の肉なんて調理できねえし。炭にする自信あるぞ」

チロッと視線を向けられ、今度はイーズが唇を突き出した。

「こっち見ないでくださいよ。それについては抜かりありません。昨日のポルペッタの件で宿の人と仲良くなったので、魔獣の肉のことを相談したら一キロ分の肉と交換で調理してくれるそうです」

「一キロだけでいいの？」

「この辺りでは魔獣は貴重だとかで、お得な取引でした。とりあえず塊を調理しやすいように切り分けと、三食分くらいの料理を各種作ってもらう予定です」

それは良かったと頷《うなず》きかけてハルは首を傾げる。

「それって、完全にマジックバッグの存在バレてねえ？」

「あ。えっと、たぶん、大丈夫です。バレていても時間停止じゃなくて遅延と思ってると、期待します。宿の人もこちらが貴族の副ギルド長にとても優遇されているのを見て引いて、いや、ビックリして？　いたので、悪いことにならない、はずです」

「ああ、そっか。貴族との繋がりを想像したら、そうなるわな」

「はい。イーゼおじちゃん様様です」

「そこは程々にな」

肉の調理問題は片づきそうだ。道中美味《おい》しい料理を作ってくれる宿があったら都度交渉して、その土地ならではの料理にしてもらうのも楽しいだろう。

　ブラッドベアの処理が済んで組合からの報酬は明日には受け取れる。冒険者ギルドからの報酬も近々だと、今日の冒険者ギルドの配達員に告げられた。

「この国もあと少しですね」

「そうだな」

「ちょっと寂しい気がします」

「そうだな」

「氾濫が終わったら、またアドガン共和国側を通ってくるのもいいかもしれないですね」

「そうだな」

「ハル、聞いてませんね？」

「そうだな」

「……ハル！」

「うわっ、驚かすなよイーズ！　こぼしちまった！　おっちゃん！　この酒、もう一杯試飲させてよ！」

「ああん!?　試飲なぞ一杯だけだ！」

「そう言わずにさぁ！　ほとんどこぼしちゃったんだよ。――んで、イーズ、何だって？」

「いえ、ハルにこの繊細な胸の内を分かってもらおうと思ったのが馬鹿でした」

「何かいつの間にか、すごい悪く言われてる！」

秋も深まり、寂しい季節。少しの哀愁を漂わせていたイーズの気持ちなど、数店舗の酒屋ですでに試飲を重ねたハルが汲《く》み取れるはずもなく。

――酒のアテに唐揚げを出すのはしばらくお預けにしてやろう。

さらにはイーズの心の誓いも読めるはずもなく。兎《と》にも角にも、ラズルシード王国滞在も残すところ二日である。


塵《ちり》も積もれば山となる、という言葉がある。近年では〝ちりつも〟なんて略されたりもするが、些細《ささい》なことでも積み重なれば大きな結果に繋がる、という有名なことわざだ。

親になんと言われてもバスケットボールに打ち込んだイーズにとって、サボりたいと甘えたことを思う自分を戒める言葉でもあった。

だが異世界に来た現在、戒められているのはハル。さらに言えば彼の頭である。

「イーズ、機嫌直して？」

「反省は？」

「海よりも深く」

「誓って？」

「女神様に誓って」

「仕方ありませんね。どうぞ、キュアポーションです」

「くれるの？」

「せっかくの大切な一日を無駄にするわけにはいきませんから、二日酔いごときで」

「ぐうっ、の音も出ません」

「出てますね」

昨日酒屋で試飲の梯子《はしご》をしたハル。今朝起きた瞬間、唸《うな》り声を上げるから何が起こったかとイーズを焦らせた。

しかし、聞いてみればただの二日酔い。

御者のおっちゃんがくれた前情報通り、アブロルには地酒を仕込む酒屋が多くあった。樽《たる》に使う木も若木や老木で風味が変わり、ハルは店に入るたびにその味の違いに感動していた。

だからといって飲みすぎは良くない、とキュアポーションをハルに渡しながらイーズは思う。さらには、今後はきちんと監視しよう、なんてイーズが覚悟を決めていることは、幸いにもハルはまだ知らない。

今日は乗合馬車組合と冒険者ギルドで、それぞれ金一封を受け取る予定なのだ。ラノベヒーローのごとく人を助けておきながら、お金を受け取る時に二日酔いだなんて格好悪いことはできない。ビシッと行かねばと気合を入れるイーズに、今日は一日大人しくしていようとハルは決心した。

乗合馬車組合に着いて少しした後、以前聞き取りの際に会った組合支部長が出てきて、自ら部屋に案内してくれた。

「やぁやぁ、本当に今回君たちには助けられた。乗客もそうだが護衛もうちの宝だからね」

「自分たちの命もかかってましたから、当然すべきことをしたまでです」

「そうかい？　若いのに謙虚だね、ハル殿は！」

「ハ、ハル殿……」

「さて、こちらが明細だ。ブラッドベアの素材代の一部、馬車の乗車代の返金、それと純粋な組合からの謝礼金だ。多く見えるだろうが、助かった命で頭割りすると微々たるもんだ。命を金に換算するのは悲しいことだがね」

「いえ、俺たちはここまでは望んでいなかったので、本当に十分です」

「ありがとうございます！」

「そうか、君たちが納得できるならいい。もしまたラズルシードに戻ってきて国内を移動する時には、是非うちの組合を利用してくれ。おお、これも渡しておこう」

そう言って支部長は引き出しの中から、鈍い色で光るメダルのようなものを二つ取り出す。

「これはうちの優秀な護衛がもらう勲章みたいなものだ。これ自体に何の価値もないが、命を張って乗客を守った護衛に、その勇気を称えて渡される栄誉だ。さぁ、君たち、立って」

そう促されて二人は立ち上がり、同じく正面に立った支部長と向かい合う。すると支部長はスッと姿勢を正し、ハルの顔をしっかりと見つめて芯《しん》の通った声を響かせた。

「私、ラズルシード王国乗合馬車組合、アブロル支部支部長サンフィスは、この者、ハルの勇敢なその行いを称え、証《あかし》としてこのメダルを授ける。受け取りなさい」

「はい、ありがとうございます」

ハルが両手で恭しくメダルを受け取ると、所長は一回満足そうに頷き、今度はイーズの前に少し体を向ける。

「次は君の番だ。私、ラズルシード王国乗合馬車組合、アブロル支部支部長サンフィスは、この者、イーズの勇敢なその行いを称え、証としてこのメダルを授ける。受け取りなさい」

「はい！　ありがとうございます！」

イーズもハルと同じく両手で受け取り、掌《てのひら》に載ったメダルを見つめる。

先ほど彼はこれ自体に何の価値もないと言っていたが、それは確実にイーズの目には光り輝いて見えた。ふふっと思わずイーズの口から小さく笑い声が漏れる。慌てて手で口を覆って顔を上げれば、支部長とハルが微笑《ほほえ》ましそうに自分を見つめていた。

「あ、あの！　ありがとうございます！　大切にします！」

「ああ、それ以上に自分たちの命も大切にしなさい。さ、私からはこれで全部だ。今日は来てくれてありがとう」

「いえ、こちらこそお金に替えられない素晴らしいものをくださり感謝します。この名誉に恥じないように生きたいと思います」

「頑張ります！」

口々にお礼を言う二人を、支部長は建物の出口まで見送ってくれる。

「それじゃあ、さようなら！」

「さようなら。お二人とも良い旅を！」

大きく手を振って組合を後にし、次は冒険者ギルドに向かって歩き出す。

「なんとなく、なんですけど」

「うん？」

「勇者や賢者として勲章を授けられたり名声を得るより、サンフィスさんにもらったこのメダルの方が、自分には合ってると思います」

「同感だな。俺もこっちがいい」

「フィーダにも自慢します」

「お、そうだな！　フィーダもいっぱいもらってそうだけどな」

「それでも、良くやったって言ってくれる気がします」

「ああ、きっと褒めてくれるさ」

そう言ってハルは、いつまでも手の中のメダルを見つめるイーズの頭を撫《な》でる。

フィーダに自分たちの活躍を語って聞かせよう。彼の人生の大半を捧《ささ》げた馬車便、彼の同僚だった人たち。それらを後にして自分たちと一緒に来ることを決めた彼に、この話を贈ろう。

冒険者ギルドに着き、職員によりギルド長室へ案内される。中にはギルド長と副ギルド長、それにもう一人の男性が部屋にいた。

「お、来たか。ちょうど良かった。彼らだ」

「なるほど、ではこちらをお渡ししますよ」

三人目の男性がハルのそばに来て、手に持っていた紙の束を差し出す。

「これは？」

「うちの商人ギルドが持っているタジェリア王国の主要な商会のリストです。チェックが入っているのは、中でも茶葉を多く取り扱うものになります。情報鮮度と正確さは、商人ギルドのネットワークにかけて保証しますよ」

「そんな！　いただいていいんですか？」

「ハル、もらっておけ。闇雲にタジェリアを回るより、少しは父親探しの役に立つだろう」

「……ありがとうございます！」

ペラペラとめくってみれば、商会の所在地だけでなく取り扱う特産品も記載されている。

——これがあれば、美味《うま》いものがどこで手に入るかすぐに分かるぞ。

ニヤリと笑うハルの顔を見て、イーズも両目を猫のように細めて薄く笑った。

用も済んだのでこれで、と言って去っていく商人に再度お礼を言って見送る。

「さ、次は本題だ。そこに座ってくれ。この書類にサインをもらったら金を持ってこさせる。内容は、ブラッドベアの討伐費用を組合と配分した残りだ。聞き取りに基づく貢献度から、ハルとイーズ二人に出される。若干直接攻撃をしたハルが多いが大差はない」

「ボクも？」

「そうとも、そうとも。君もだ、イーズ君。本当は馬車二台を結界で守った分も出したかったが、護衛依頼や救助依頼が出ていたわけではないから出せんかった。すまないな」

そう言ってぎろりとギルド長を睨《にら》む副ギルド長。ギルド長は気にした様子もなく肩をすくめると書類を一枚ずつハルとイーズの前に置いた。

それぞれ手に取ってみれば簡潔に〝ブラッドベア討伐金〟と書いてあった。ブラッドベアは依頼で討伐されることもあり、その場合受付で全ての処理が完了する。今回は何が違うのだろうか。ハルは素直にその疑問を口にしてみる。

「あー、なんだ、討伐隊が撃ち漏らしたことへの謝罪みたいなもんだ」

「直前に同じエリアで一頭倒して、〝さぁ、安全ですから通ってください〟と発表したにも拘《かかわ》らず、二人亡くなった。これはどう考えても討伐隊の落ち度だ。最悪の事態——二台分の馬車が全滅——となっていたら、もっとすごいお金が動いていただろう。口止めとまではいかないが……ある意味討伐隊の不手際に対して、これで妥協してくれと言っているようなものだ」

「なるほど、分かりました」

そう頷《うなず》き、ハルは書類にスラスラと名前を記す。それを見てイーズも同じようにサインをした。

書類を提出してからしばらくして、二つ小さな袋をトレーに載せて職員が入ってきた。それをハルとイーズに渡しながら、ギルド長が一言付け足す。

「本来ならラズルシードの硬貨で渡すんだが、お前たちが持っていても邪魔になるだけだろうと思い、こちらで勝手にタジェリアの硬貨で用意しておいた」

「それは助かります。お心遣いに感謝します」

「それから、ハル、お前はＥ級だ」

「え？」

中身の確認を促され、小袋を覗《のぞ》き込んでいたハルはギルド長の言葉に驚いて顔を上げる。

「当たり前だろう。ブラッドベアの討伐なぞ、Ｆ級依頼五十件やった以上のギルド貢献度だ」

「そ、そうなんですね。ありがとうございます」

「兄ちゃん、すごいなぁ。追いつけるかなぁ」

「大丈夫、大丈夫。討伐補助の記録は残されるから、イーズ君が成人して実力が認められれば飛び級もあり得る」

「本当⁉　じゃ、頑張るね！」

「無理せず頑張りなさい」

最後に、イーズは副ギルド長からたっぷりお菓子が入ったカゴを受け取り席を立つ。

「また、いつでもここに来なさい」

「はい！　お土産《みやげ》いっぱい持ってくるね」

「冒険者というものは危険だ。タジェリアで他にやりたいことを見つけたら、その夢を追うのもいい。イーズ君はまだまだこれからなんだからな」

「そうしたら、イーゼおじちゃんには絶対知らせるね」

「ああ、楽しみにしてるよ」

そうしてハルとイーズはギルド長と副ギルド長の二人に見送られてギルドを後にした。これでアブロルでしなくちゃいけないことは全部片づいた。

「この国で過ごすのももう今夜で最後ですね。召喚直後はすぐ逃げ出したかったですが、今は、またいつか来たいと思います」

「そうだな。この国の一級ダンジョンの氾濫《はんらん》が終わったら、またアドガン共和国側を通ってくるのもいいかもしれない」

「……ハル」

「な、なんでしょう、イーズ君」

「全く同じことを、昨日ハルが試飲している時に伝えたんですが」

「え？　そ、そうだったかな？」

「どうやら覚えていないようですね。……ハル」

「はい？」

「今夜は宿のご主人がブラッドベアのステーキを焼いてくれるそうです」

「お、おお！　やったな！」

「お酒なしで食べましょうね」

「え？　本気？」

「何もずっととは言ってません。今夜だけです。できますね、ハル？」

「は、はい……」

「きっと自分たちが討伐に協力したブラッドベアの肉は、お酒がなくても美味《おい》しいはずですよ」

「そうだね」

ハル、完全に自業自得、または身から出た錆《さび》、さらに言えば因果応報というやつである。

そしてその夜、宿の主人の厚意により出されたブラッドベアのステーキ。

それは、外見は無骨ながらもひっそりと、静かに年月を重ねるワイン樽《だる》のように佇《たたず》む。ナイフを差し入れればとろりと流れ出る肉汁は、時を超えて注がれるワインのように薫った。

「絶っ品！」

「くうぅう！」

二人は一口食べて唸《うな》った後、声もなく、ただひたすら自分たちの全感覚を使ってこのステーキと会話する。ハルは、口の中に広がる旨味《うまみ》を酒で流してしまうのは勿体《もったい》無い、イーズが止めてくれて良かったと感謝したほどだ。

「イーズ」

「はい、ハル」

「いつか、ブラッドベアを自分たちだけで狩れるようになるぞ」

「はい。一つ旅の目標ができました」

「ただ強くなるっていうのはつまらないからな」

「食べ物のためっていうのが、らしいですね」

「だな」

誰かと戦うためでも、この世界で名声を得るためでもない。そんな力は必要じゃない。だけど、美味しいものを食べたいから、というのはまさに自分たちにピッタリだ。

目の前の空《から》になった、肉汁だけが薄《うっす》らと虹色《にじいろ》に煌《きら》めいて残るプレートを見ながら、イーズはそう思った。

「それでは、第四回目標設定会議を執り行います。今回はラズルシード王国脱出目前ということで、これまでの目標の振り返り、並びにタジェリア王国を抜けるまでの目標設定を確認するためのものとなります。忌憚《きたん》なきご意見、よろしくお願いいたします」

最高級ステーキの感動の余韻を残し、テンションの高いハルの開催の挨拶《あいさつ》に、イーズもノリノリで大きな拍手を送る。そしてハルが出したタブレットの画面を二人で覗き込み、王城にいた時に立てた目標を読み返す。

【優先度の高い目標】
・日本へ戻る方法の有無
・この国の情勢（召喚理由含む）
・この国の周辺の情勢（目指すべき国の選定）
【重要な目標】
・高田の若返りの理由
・日本に戻れなかった場合の人生設計
・フリマ機能以外の金策

「残念ながら日本に帰れないことは、女神様のお話や過去の勇者並びに賢者がこの世界で生を終えていることから確定しております」

「はい！　議長！」

「イーズ君、どうぞ」

「そうなりますと、ここの目標の〝日本に戻れなかった場合の人生設計〟は継続でよろしいでしょうか」

「そうですね。そこは一旦《いったん》〝永住先を見つける〟というものに置き換わると考えてもよろしいと思うのですが、どうでしょう、イーズ君？」

「永住先を見つけてから、人生設計というわけですね。異論はございません」

「よろしい。次に、今後の目標に移ります。まず優先順位的にも重要度的にも第一の目標は、ジャステッドにてフィーダと合流することです。異論は認めます」

「異論ございません！」

「よろしい。第二の目標は……なんだ？」

ハルのとぼけた言葉に古風なコントの大コケをしそうになりながら、イーズは彼の前にあるタブレットのアプリを覗き込む。王城にいた時も使っていた、メモを整理するアプリだ。

目につくのは、スキルを上げる、戦闘能力を上げる、美味いものを見つける、などである。

「うーん、とりあえず半年後の成人の儀までの目標はどうでしょう？」

「おっ？」

「ここまで来るのに、えーっと三ヶ月ちょっとくらいですよね。半年後っていうのはそう遠くないですし、妥当な期間かと。タジェリアを抜けるまでの期間だとちょっと壮大すぎます」

「おお、いい考え方だ。では、期間は半年だな」

「フィーダのスキルも確認しておけば良かったですね」

「こっちのスキルも伝えてないしな。そうなると、だ」

【目標：半年間】
・ジャステッドでフィーダと合流
・ハルのスキル訓練（ダンジョン探索）
・イーズのスキル候補選定
・フィーダのスキル確認並びに連携確認
・商会リストに基づく今後のルート計画

「こんなもんか？」

「こんなもんでしょう。それにしても、フィーダと情報共有できていないことが多くあるのに今更気づきました」

「減らないマジックバッグの中身とか？」

「容量が∞とか」

「俺がクアッドとか？」

「早熟だとか」

「さらに成人の儀で増えるとか？」

「クアッドの上をいくかもとか」

「……フィーダ死なないよな？」

「少しずつ、言えば……」

「いや、小出しにしようとしても、俺たちの雰囲気でバレる気がする。一気に行くか」

「フィーダのご冥福《めいふく》をお祈りします」

「やめい、縁起でもない」

いよいよ明日に国境越えを控え、なかなか寝付けない二人。

アプリの〝漫遊記〟プロジェクトを二人で覗き込み、アブロルの情報もしっかり入れていく。出会った人、起きたこと、食べた物、見た景色。アブロルの総合評価はドゥカッテンと同じ星四つだ。

「とても、いい街でした」

「そうだな。また来よう」

そうやって二人は、ラズルシード最後の夜をゆっくりと過ごした。

次の日、秋も深まり肌寒い朝。二人は偽装のための荷物を担いで北の国境城壁に向かって街の中をゆっくり歩く。

たった五日しかいなかったが、名残惜しく感じてしまうのはここがラズルシード最後の街だからか。

ちょうど酒屋の前を通り過ぎようとしたところで、ハルに声がかかった。

「お！　この前の兄ちゃんじゃないか。国を出るのか？」

「はい、そうなんです。この前は美味しいお酒をありがとうございました」

「なに、そんなもん、商売だから当たり前だ。それよりよ、この前ちこーっとだけくれたあの酒、もうねえのかい？」

「まだありますよ」

「そうか！　だったらよ、売ってくれねえか⁉　他で売らねぇ、自分とこで飲むだけだからよ！」

酒屋のおじさんがハルにすがる勢いで近づいてきて、ハルは思わず上半身を反らす。

「……ハル、そのお酒って」

「俺のスーツケースのやつ」

「なるほど。いいじゃないですか？　また増えるんだし」

「これまで毎日コツコツ増やしてきたのに……」

お酒に全く執着心のないイーズに対して、ハルは諦《あきら》めきれない様子。だったらとイーズはシンプルな提案をした。

「じゃ、同じように希少なお酒と交換してもらうのは？」

「お、それいいな！　おじさん、お酒お売りします。でもお金よりも、おじさんの持ってるお酒と交換してもらえればもっと嬉《うれ》しいです」

「お！　いいのかい⁉」

「ええ。希少なお酒ですが、こちらのお店にあったお酒も大変美味しかったので」

「うーん、何がいいかな。あ、ここじゃ邪魔になるから、とりあえず店の奥に入っとくれ」

興奮してさっさと進む店主に続き、二人は小さく「お邪魔します」と呟《つぶや》いて中に入る。

店の奥には蔵があり、大小様々な樽が並ぶ横には温度管理や湿度が事細かにメモされていた。チラリと見ただけで、お酒にかける強い情熱を窺《うかが》い知《し》ることができる。

「どれがいいかねぇ」

おじさんは蔵の中をあちこち歩きながら、ハルに渡す酒を吟味している。イーズはそれを横目で見ながら興味津々で蔵の中を見回した。そしてふと奥に大きな味噌桶《みそおけ》のようなものが二つ、斜めに伏せて置かれているのに気づいてハルを呼ぶ。

「ハル、あれって何でしょう？」

「ん？　酒樽《さかだる》？　でも上が空いてるから木桶かな？」

「他の樽に比べて大きいですね。味噌蔵にありそうな感じです」

「確かにそんな感じ。おじさんに聞いてみよう。……おじさん、あれって何かお酒に使うやつですか？」

奥で動き回っていたおじさんに声をかけると、彼は振り返ってハルの指がさすものを探す。

「お、どれだ？　ああ、あれか。あれは以前ポルペッタを漬けるのに使ってたやつだ」

「え？　ポルペッタってあの？」

「そう、この町で取れるポルペッタだよ。それをあの桶の中に入れて潰《つぶ》してよ、酒を作ってたことがあったんだ」

「へぇ、もう作ってないんですか？」

「いや、作ってるが、街中じゃ狭いしポルペッタを運ぶのが面倒でね。息子がポルペッタ畑のそばに蔵を作ってそこでやってるよ」

親子二代で酒に情熱を捧《ささ》げているようだ。もしかしたらここで試作を重ねて上手《うま》くいった後、畑ごと酒に変えているのかもしれない。

「でかいから退《ど》かそう退かそう思って、ずっとこのまんまさ。なんだい、欲しいなら持ってくかい？って国境越える奴がこんなのどうやって持ってくって話だよなぁ」

「ハル、欲しいです」

「ええ？」

「ええ!?　坊主、兄ちゃんにねだるにしても大きすぎるだろう」

驚きと呆《あき》れを隠せないおじさんとハルの前で、イーズは目を輝かせておねだりを続ける。

「いえ、これ欲しいです。二つとも」

「えええ？　イーズ、本気？」

「本気の、本気です」

「えええええ……」

何と言って止めればいいのかハルは超高速で思考を巡らせる。以前イーズが不気味な置物を買おうとした時は、確かフィーダがマジックバッグ持ちだとバレるからやめろと言って止めた。それに思い立ってハルが口を開こうとした瞬間、おじさんが絶妙なタイミングで提案をしてきた。

「我儘《わがまま》な弟持って兄ちゃんは大変だねぇ。そんなんタダでやるよ。ついでにポルペッタの酒もいるかい？」

「それは是非！」

「じゃ、この前息子が持ってきた一番のやつ取ってくるでよ、ちょっと待ってな」

そう言って酒屋のおじさんはまた別の蔵に入っていってしまう。ハルは内心頭を抱えて「あああ」と叫ぶが、口から勝手に飛び出た言葉は取り戻せない。一方イーズはおじさんが完全に離れたのを感知で確認した後、桶をサッとマジックバッグにしまった。

「イーズ、本当にそれ、どうするつもり？」

「ちょっと考えがあるんです。ハルにも少し手伝ってもらうかもしれません」

「必要なら全然手伝うけど……」

ニンマリとたくらむような笑みを浮かべるイーズを見下ろし、ハルはため息をつく。

「これだこれだ。これ持ってけって、うぉう！　お前さん、マジックバッグ持ちだったのかい⁉

あんな大きなの、よお入ったなぁ！」

「え、ええ。なんとか。それじゃ、俺からもこちらどうぞ」

「おお！　一本くれるんか！　ありがとな！　息子とじっくり飲ませてもらうわ」

口止めの意も込めてハルは思い切って小瓶丸ごとおじさんに渡す。もう戻ってこない場所ではあるが、多少効果はあると願いたい。酒で口が緩くならないことを願う。

「ありがとうございました！」

「おう！　国境越えても気をつけてな！」

礼を言って酒屋を出た後もこちらをチラチラと見てくるハルに、イーズはため息をついて立ち止まる。

「突然我儘を言ってすみませんでした」

「え？　ああ、それは全然いいんだよ？　でも一体何に使うのか気になって仕方ないんだけど」

「ん〜、フィーダが合流したら教えます」

「え？　今教えてくれないの？」

「教えないとは言ってません。フィーダに相談してオッケー出たらにします」

「えええ……お兄ちゃん、ちょっとショックぅ」

唇を尖《とが》らせるハル。これは自分が元三十歳オーバーだということを忘れているに違いない。ここは自分が大人になるべきかと、イーズは頭を振って仕方なく告げる。

「そうですね……旅の状況によっては早く教えるかもしれません。そろそろ綺麗好《きれいず》き日本人の遺伝子が限界を訴え始めているので」

「ん？　十四歳の血が疼《うず》くとか？　包帯いる？　眼帯で封印？」

「全くもって違います。ハルじゃあるまいし」

　イーズの冷静な返しに、ハルは胸を押さえて大げさにのけぞる。ノリが完全に十代のソレだ。もう絶対に三十歳オーバーには感じられない。

　でもこれはこれで女神様の意図した通り、若返って異世界生活を満喫しまくっているな、とイーズは口元に笑みを浮かべ、さっさと先を歩き出した。


　予定より遅れて検問所に到着した二人は中を見回して並ぶべき列の最後尾についた。

　検問には四つの列があり、それぞれがゆっくり進んでいるのは前回すでに見て確認済みだ。列の種類は、書類を受け取りその場で記入する列、書類をすでに持っている列、商人のように別の通行許可証を持つ列、それから特権階級の列である。

　ハルたちは二つ目の列に並ぶが、そこからさらに列が分岐していた。

「えっと、他推薦がない人、推薦者が各種ギルドの人、推薦者が貴族の人、推薦者がそれ以外？」

「推薦者って身元保証をしてくれた人のことですかね」

「多分そうだな。イーゼルド副ギルド長はどっちの扱いだ？」

「おそらく貴族として記入してくれた気がします。名前の横に、指輪で判を押してましたから」

「ああ、貴族の紋章ね。じゃ、こっちに並ぼう」

　そう言って二人は貴族推薦の列に並ぶ。ここは他の列に比べてだいぶ短く、どんどん通過している。貴族のサインはそれだけ力があるということだろう。

自分たちの番になり書類を差し出すと、担当者はこちらも見ずにそれを機械のような箱に書類を入れ魔力を通した。すると箱の上に「可」が表示され、書類にドンドンッと勢いよく判が押された。

「空港の出入国審査と雰囲気が一緒だ」

「やってることは同じですからね」

ボソボソと話していると担当者がこちらを見上げ、器用に片眉《まゆ》だけクイッと上げる。二人が慌てて姿勢を正すと、彼はふっと表情を和らげ、

「審査は問題ありません。出国して大丈夫です。お気をつけて行ってらっしゃいませ」

と言って書類をこちらに戻した。その表情の変わりように驚きつつ、書類を受け取って二人も満面の笑顔で返す。

「ありがとうございます！」

「行ってきます！」

入ってきた扉とは反対に位置する扉を通って検問所から出ると、まっすぐタジェリア王国に向かって通路が繋《つな》がっている。その途中にくっきりと線が引かれている場所が、二つの国の境——国境だ。

「イーズ」

イーズの名を呼び、ハルは笑顔で手を差し出す。イーズも満面の笑顔でその上に手を重ねた。

二人はわずかに足早になりながら、国境線の前まで一直線に向かう。

そしてまるで打ち合わせをしていたように、線の直前で二人の足はピシリとつま先を揃《そろ》えて止ま

った。

「準備はいい？」

「はい！」

「じゃ、行くよ？」

「はい！」

「せーのー」

「「でっ！」」

大きく掛け声を響かせ、二人は線を飛び越える。

そしてさらに一歩踏み出した後、後ろを振り返って深々とお辞儀をした。


「「ありがとうございました！」」

それから二人はまたタジェリア国側を向き、しっかりとした足取りで通路を進む。


ラズルシード王国に召喚されて三ヶ月半。

夏はすでに遠く、冬の足音がもうすぐ聞こえそうなその日。

ハルとイーズはついにラズルシード王国を脱出したのである。

Side Story 4：不思議な二人

十年担当した北行きの便から、少しだけ距離の短い便へ配置換えになる直前。最後のドゥカッテン往路便の乗客に不思議な奴らがいた。

乗合馬車の組合前にやってきた兄弟らしき二人は、まず雰囲気からして異質だった。

小綺麗《こぎれい》な顔立ちに揃いの艶《つや》やかな腕輪、庶民が着る服装をしているが清潔に整えられ、全身のバランスに合わせて調節がされている。普通兄弟で育つとお下がりやもらい物が多く、上下や外套《がいとう》までがバラバラでチグハグになるのだが、弟もきちんと整えて仕立てられた服を着ている。

もしかしたら庶民に変装して家出をしようとしている、貴族の子供かもしれない。追手に馬車を追っかけられて、他の乗客に迷惑がかかる可能性がある。そんなことを考えて声をかけてみると、さらにその二人の歪《いびつ》さに気づいた。

下町の子供のような服装なのに、粗暴さはなく。

冒険者登録をしているのに、野蛮でもなく。

貴族のような手をしているのに、人を見下したりしない。

旅の目的を尋ねると、タジェリア王国にいる父親を頼って移動をするとのことだった。もしかしたら死んだ母親が貴族の家系で、母親の死後家を追い出されたのかもしれないと少し同情する。

一緒に旅を始めれば、さらに彼らへの印象が変わる。知識が偏っており、勇者や賢者に詳しくない。計算や商売には詳しいのに、魔獣の名前や生態を全く知らない。

兄は昨日成人の儀を受けたばかりというのに、ゆうに馬車三台分の水を出す。スキルを授かってすぐでは、普通ならばバケツ一杯で魔力切れでぶっ倒れるところなのに。

さらに奇妙なのは弟だ。小さなナリで弁が立ち、頭のキレも良い。十歳ほどかと思えばすでに冒険者登録をした十四歳だと言う。

——冒険者ギルドの機械、ぶっ壊れてんじゃねえだろうな。

さらに観察していると、明らかに俯瞰《ふかん》スキルを持つ俺と同じタイミングで魔獣を察知している。成人の儀前なのに、スキルと同等のなんらかの能力を持っているかもしれない。

兄のスキルの異常さ、弟の成人前のスキル発現。

——まさか、大魔法使いの直系か？

その疑惑は三日目にさらに確信に強くなる。明らかにマジックバッグから食いもんを出していたのだ。

旅も三日目となれば、作り置きも尽きて乾物を調理した食事が多くなる。だというのに二人は作りたてのような肉料理を食べているのだ。

——不用心にもほどがあるぞ、オイ。

折りにふれて二人に色々教え込むと、乾いた土がグングンと水を吸うようにすごい勢いで吸収していくので、俺も楽しくなってしまう。

水魔法使いとして歩き出した兄に、冒険者として必要な知識をもっと教えてやりたいと思ってしまう。俺が語る賢者の話をキラキラした目で聞くガキに、国に伝わる伝説とか英雄譚を聞かせてやりたくなる。


思い返せば、すでにこの時俺はこいつらにやられていた。

ドゥカッテンに着いたその日、店の前で大騒ぎする二人を見つけ、怒涛《どとう》のような会話の流れに巻き込まれ、移動した先の食堂で驚愕《きょうがく》の事実を知る。

――賢者様！

まさか、自分の目の前にいる二人が賢者様だとは！

気づいた瞬間、バネのように椅子から飛び降り、食堂の床に頭を擦《こす》り付けていた。

俺は、何をした。賢者様にお会いするなんて奇跡。

何を、言った。こんなオヤジなぞが、顔を見る権利もない。

賢者様に俺ごときが何を教えるというのだ。勘違い男め。

羞恥《しゅうち》、混乱、感激、畏怖《いふ》、敬意。ありとあらゆる感情が、煮詰められ鍋《なべ》から吹きこぼれるスープのようにぐちゃぐちゃになって湧き上がる。天上の方々から隠れようとするかのように、自分の額を床にめり込ませた。

そんな俺を止めたのは、止めてくれたのは――イーズだった。

正面にまっすぐ立つと、普段感じている以上に小さな姿。涙を堪《こら》えて赤くなった顔も、俺なんかに差し伸べる震える指も、それはどう見ても憧《あこが》れてきた賢者様の威風堂々としたものではなく。ただの十四歳の子供だった。気づけば、腹の奥に渦巻いていた激情は綺麗《きれい》さっぱり消えていた。

夜、組合宿舎のベッドに座り、虚空を見つめる。〝流動〟の賢者が広めた乗合馬車。賢者に憧れて十二歳で見習いとして組合に飛び込んだ。それからもう二十五年。女房や子供がいてもおかしくない歳《とし》はとっくに超えた。それなのに、まさか賢者に出会うとは。

いや……賢者？　あれが？　三人で町を回った時のことを思い出す。美味《うま》い飯に顔を輝かせ、不気味な置物一つに大騒ぎし、特訓と聞いてまた大騒ぎ。

どこを探しても賢者っぽさなど全くない、たわいもない情景と呆《あき》れるほど楽しい時間だった。

二人はこの先もそうやって旅を続けていくのだろう……いや、続けていけるのか？

急に不安が込み上げ、足をがたがたと揺らす。大丈夫か？　絶対に大丈夫な気がしない。あの世間知らずたちが怪しい行動を取らないはずがない。佇《たたず》まいだけで異質なのだから。

唸《うな》り声を上げ、がくりと落とした頭を掻《か》きむしる。舌打ちして、顔を上げた。

何もないはずの視界に、あいつらの顔が浮かぶ。その時点で俺の負けだった。

これは俺の勝手な願い。遠い場所から来た二人の旅が平穏であってほしいだなんて。それでも俺は——

「ハル、イーズ——俺を、二人の旅に同行させてくれ」

あとがき

初めまして、ＢＰＵＧと書いてビーパグと申します。犬のブラックパグを思いっきりハグしたい欲望にまみれている者です。

まずは「逃亡賢者」をお手に取ってくださりありがとうございます。本屋レジの隣に立って、買ってくださった一人ひとりに熱い鯖《さば》折りハグをお送りしたい気持ちでいっぱいです。そんなことをしたら方々に迷惑がかかるので歯を食いしばって自分を押しとどめております。

さて、突然白状しますが、自分は後書きから読む派です。なのでもし自分と同じ癖を持つ誰かがいた時のためにひとこと。

――本文から読もう。

はい。そんなことを言われて読むのをやめる人はいないと思いますが、自己防衛は大事ですよ、皆さん。分かりましたね？　作者がアホなことを書いているから作品に興味が持てなくなっただなんて、そんな作者が号泣するようなことを言わないでくださいよ？　お願いします。

では気を取り直して。本文を先に読んでくださった皆様、「逃亡賢者」は楽しんでいただけたでしょうか。楽しめなかった方はもう一度読みましょう。きっと新しい楽しさが発見できます。もしくは美しい挿絵を眺めるだけでも心が弾むはずです。もちろん、楽しめた方は何度でも読んでください。そしてもし良かったらどこが好きかを教えてください。作者が鼻水流して喜びます。

この作品はコロナ禍が収束に向かいつつも、まだ大っぴらには旅行が勧められていない頃に書き始めました。自分の旅行したい、美味《おい》しいものが食べたいという欲が最高潮に達したのです。

ちょうど誕生月が近づき、毎年のように挫折《ざせつ》する「健康な体作り」という目標以外に、何かを成し遂げたいという気持ちから執筆をスタートさせました。

期限：一年後の自分の誕生日
目標：長編小説を一つ完結させる
内容：世界旅行気分が味わえるもの

こんな感じです。小説を書いたこともない、なんなら中学生の頃、姉を五千円で買収して読書感想文を書いてもらった自分がこんな無謀な目標を立てました。あ、皆さん。不正はいけません。ちゃんと感想文は書きましょう。自分は一応半分は書きましたし、残りは口頭で書きたいことを姉に説明して書いてもらったのです。せめてそれくらいは頑張りましょう。良いですね？

何はともあれ、一ヶ月執筆に明け暮れ、自分のX回目の誕生日に第一話をＷＥＢに投稿しました。

あれからすでに二年、目標はどうなったか？　それはＷＥＢ版を読んでくださった方であればご存じなはず。ええ、仕方ありません。目標はあくまで目標。ずれることもあります。都度修正し問題点を改善して前に進むのが人間です。察してください。じゃあ、作中の主人公たちが立てた目標はどうなるかって？　それはこれからのお楽しみということにしておきましょう。決して逃げている訳ではありません。本作主人公は絶賛逃亡中ですが。ふっ、上手いこと言えた。


最後に、関係者の皆様に謝辞を。

ＷＥＢ小説界隈《かいわい》の片隅にいた無名作家を拾ってくださったカドカワＢＯＯＫＳ様、担当のＳ様には感謝しかありません。褒めて伸ばす戦法なのか、過剰なほどの褒め言葉の数々に見事におだてられてここまでやってこられました。ぜひこれからもその戦法でお願いします。

そして美麗なイラストを描いてくださった村《むら》カルキ様。本当にありがとうございます。自分の妄想だけだったキャラクターに命が吹き込まれ、感動で息が止まりそうです。

ＷＥＢ投稿時代から応援してくださる数々の読者様、本を手に取ってくださった読者様。皆様のおかげでＢＰＵＧは小説家の一歩を踏み出すことができました。ありがとうございます。

この小説が出る頃にまた一つ年をとります。命を与えてくれた両親に感謝を。そして生活のあらゆる場で支えと笑いをくれ、無謀な挑戦に理解を示してくれた家族に尽きない愛を送ります。

それでは、小説という妄想と現実の狭間で再びお会いできることを願っています。ありがとうございました。

カドカワBOOKS

逃亡賢者《とうぼうけんじゃ》（候補《こうほ》）のぶらり旅《たび》
～召喚《しょうかん》されましたが、逃《に》げ出《だ》して安寧《あんねい》の地探《ちさが》しを楽《たの》しみます～

2024年９月10日　初版発行

著者／BPUG

発行者／山下直久

発行／株式会社KADOKAWA

〒102-8177
東京都千代田区富士見2-13-3
電話／0570-002-301（ナビダイヤル）

編集／カドカワBOOKS編集部

印刷所／大日本印刷

製本所／大日本印刷

●お問い合わせ
https://www.kadokawa.co.jp/（「お問い合わせ」へお進みください）
※内容によっては、お答えできない場合があります。
※サポートは日本国内のみとさせていただきます。
※Japanese text only

Printed in Japan
ISBN 978-4-04-075610-3 C0093

新文芸宣言

かつて「知」と「美」は特権階級の所有物でした。

15世紀、グーテンベルクが発明した活版印刷技術は、特権階級から「知」と「美」を解放し、ルネサンスや宗教改革を導きました。市民革命や産業革命も、大衆に「知」と「美」が広まらなければ起こりえませんでした。人間は、本を読むことにより、自由と平等を獲得していったのです。

21世紀、インターネット技術により、第二の「知」と「美」の解放が起こりました。一部の選ばれた才能を持つ者だけが文章や絵、映像を発表できる時代は終わり、誰もがネット上で自己表現を出来る時代がやってきました。

UGC（ユーザージェネレイテッドコンテンツ）の波は、今世界を席巻しています。UGCから生まれた小説は、一般大衆からの批評を取り込みながら内容を充実させて行きます。受け手と送り手の情報の交換によって、UGCは量的な評価を獲得し、爆発的にその数を増やしているのです。

こうしたUGCから生まれた小説群を、私たちは「新文芸」と名付けました。

新文芸は、インターネットによる新しい「知」と「美」の形です。

2015年10月10日
井上伸一郎